KB235388

아주 오랫동안

아주 오랫동안

한혜경 산문집

도서출판 문현

아버지께

여름에 허브 화분을 하나 마련했습니다.

페퍼민트, 애플민트, 로즈메리, 라벤더…… 이름도 예뻐 발음만 해도 향이 솔솔 나는 것 같은 풀들이지요.

네 종류를 나란히 심은 긴 화분을 베란다 창가에 두고는 하루가 다르게 무럭무럭 자라는 모습을 즐겼습니다. 물을 주면 순간 상쾌한 향이 싸하게 올라오더군요. 향을 좀 더 맡고 싶으면 살짝 흔들어주면 되었어요.

예전엔 푸른 잎들에서 위안을 얻으리라고는 생각하지 못했습니다.

새롭게 깨닫는 일들이 어디 이것뿐이겠습니까? 오랫동안 그 자리에 있었지만 뒤늦게 알아보는 것들이 얼마나 많은지요.

이 글들은 그런 발견에 대한 기록입니다.

현란한 수사와 요란한 구호를 믿지 않습니다. 드러내고자 애쓰지 않아도 자연스럽게 배어나오는 향기를 사랑합니다. 오랫동안 숙성된 맛이면 더욱 좋겠지요.

　수필을 쓰기 시작한 지 10여년이 지나서 첫 작품집을 엮어 세상에 내보냅니다. 굉장히 쑥스럽고 부끄러운 가운데, 감사한 일이 너무 많아 큰 기쁨 속에서 행복했습니다. 무엇보다 은사이신 이어령 선생님께 깊이 감사드립니다. 바쁘신 중에도 서평을 선뜻 써주셔서 선생님의 넓은 품을 다시 실감했습니다.

　평소 존경해왔던 전창운 화백의 아름다운 그림과 우리대학의 김주성 교수님의 멋진 표지 덕분에 이 부족한 책이 환해졌습니다. 정말 감사드립니다.

　늘 곁에서 응원해주시는 어머니와 가족들께 고마운 마음은 말로 다 할 수가 없습니다.

　그리고,

　생전에 이 책을 보셨다면 너무 기뻐하셨을 아버지께 이 책을 바칩니다.

2010년 가을에
한혜경

지식과 감성의 깊은 강물

이어령(이화여대 명예석좌교수, 초대 문화부 장관)

산은 그 높이가 아니라 신선이 살아야만
비로소 명산이라 할 수 있고 山不在高 有仙則名
물은 그 깊이가 아니라 용이 있어야
비로소 영험한 냇물이라 이를 수 있다. 水不在深 有龍則靈

한혜경 교수의 산문집 교정지를 펴드는 순간 내 머리에는 당 나라 때의 선비 유우석劉禹錫의 '누실명陋室銘'의 시구가 떠올랐다.

요즘 흔한 말로 미디어가 아니라 콘텐츠라고들 하지만 글은 소설이나 시의 형식보다는 그 글속에 담긴 내용에 의해서 그 가치가 결정된다.

한혜경 교수의 글은 신변잡기가 아니다. 학문으로 쌓아올린 높은 산에는 전통문화가 응축된 향기가 풍겨오고 지식과 감성의 깊은 강물에는 글로벌한 언어의 편린이 번쩍인다. 그래서 그녀의 저서에서는 굴 속에서 조용히 잠들어 있는 곰과 바위 위에서 포효하는 호랑이의 그 두 힘이 조화를 이룬 한국 특유의 멋을 느낄 수 있다.

조금도 과장이 아니다. 나는 학부와 그리고 대학원 박사과정 강의실에서 이 책의 저자 한혜경 교수를 직접 지도한 적이 있다. 한 눈에 그 총명함이 드러나 보이면서도 그 내면에는 좀처럼 헤아릴 수 없는 덕을 감추고 있다. 그러한 모습이 그의 글에도 고스란히 드러나 있다.

이 산문집에는 사유와 통찰력이 엿보이는 글들이 가득하다. 자연 속에서 자연과의 교감을 노래하는 한편으로 문명에 대한 반성을 끌어내고 있는 글들, 우리 사회와 현실의 제반 문제들을 통찰하고 있는 글들, 삶에 대한 성찰을 보여주는 글들로 나눠볼 수 있다.

자연은 단지 아름다운 대상만은 아니다. 저자는 자연현상을 바라보면서 인간의 삶을 반추하고 있으며 의연한 자연 앞에서 문명이 왜소하게 느껴질 때와 이미 우리 삶에서 뗄 수 없게 된 문명의 그림자에 대해 세심하게 묘사하고 있다.

하지만 이 낙하는 죽음이 아니고 휴지休止이다. 겨우내 마른 나뭇가지 속에서 또는 땅 속에서, 다시 파릇한 새싹으로 돋아날 봄을 꿈꾸고 있는 소리 없는 기다림이다. 나뭇잎의 삶은 이처럼 순리대로 흐르는데 우리의 삶은 그렇지 않기에 애틋함과 후회, 미련과 한탄, 한숨들이 피어나는 것이리라. － [겨울산에서]

눈이 쌓이자 제일 먼저 마비되는 것은 도로사정이어서 머리에 눈을 잔뜩 인 자동차들이 엉금엉금 기어가고 있었다. 서울에서 길이 막혔으면 짜증을 냈겠지만, 그 곳에서는 자연 앞에서 기계문명이 얼마나 보잘 것 없는가가 먼저 느껴졌다. 눈 속에서 인간들이 만든 자동차나 문명은 작고 무력해 보였다. 오직 나무나 산, 하늘, 자연만이 의연했다. － [사진]

밤하늘 가득, 별들이 반짝이고 있었다. 검은 색 천 사이사이 박힌 보석들처럼 빛나고 있는 별들. 반짝반짝 하는 모양이 마치 경쾌한 율동을 하는 것 같았는데, 그것은 다시 '괜찮아, 괜찮아' 친근하게 속삭이는 소리들로 바뀌어 들렸다. … (중략) … 우리는 환해진 집 안으로 들어왔고 별이 수놓아진 밤하늘은 멀어졌다. 밤하늘 대신

텔레비전 화면이 반짝이며 우리를 유혹한다. - [별들의 소리]

  나뭇잎의 낙하에서 봄을 꿈꾸고 있는 기다림을 읽어내고 폭설로 교통이 마비되자 기계문명이 얼마나 왜소한가를 느끼며 TV로 대표되는 문명이 밀어낸 밤하늘의 아름다움을 노래한다.
  그리고 문학의 위상, 소외의 문제, 부패와 부정, 몸짱이나 동안열풍, 외모지상주의, 젊은이들의 취업난, 경제위기 등, 우리사회의 여러 문제들에 대한 통찰을 읽을 수 있다. 국회의원 청문회를 보다가, 금융위기를 겪으면서, 택시기사의 이야기를 듣고, 새로 입주한 아파트에서, 백화점에 가서, 지나가는 학생들을 보면서, 저자는 무심히 흘려보낼 수 있는 순간들을 예민하게 포착해 우리 삶의 문제를 짚어내고 있다.

  그날, 깃발의 힘없는 움직임이 내내 머릿속에 남아 있었던 것은 기능위주의 사고나 상업주의에 밀려 자꾸 좁아지고 있는 문학의 자리를 떠올리게 되어서였나 보다. 우러러보는 자가 드물고 돈이 되는 것도 아니어서 화려하지도 않고 빛이 바랜, 그렇지만 여전히 공중에 매달려 나부끼고 있는 깃발. 눈물겹다. - [깃발]

말 그대로 백화점은 백가지 물건들이 쌓여있는 곳으로 밖의 현실과
는 달리 늘 풍족하고 현란한 세계이다. 그러나 돈이 없다면 이 백가
지 물건이 그림의 떡이다. 환상이나 눈속임에 불과한 것이다. 눈 앞
에 물건들이 산처럼 쌓여있지만 아무것도 내 것이 아니라는 사실
앞에서 결핍감은 배가되고, 북적대는 인파 속에서 고립감 역시 배
가된다. - [어느날, 백화점에서]

미국의 최고 투자은행들이 파산하면서 줄줄이 이어지는 위기상황
들을 보면서야 시장만능주의를 경계하던 당신의 말을 뒤늦게 떠올
렸습니다. 저처럼 정확히 알지도 못하고 따라하다가 낭패를 본 사
람이 수도 없이 많은가 봅니다. 휘황한 빛을 발하던 탑이 사실은 과
도한 욕망들로 삐뚤삐뚤 쌓아올린 위험한 탑이었던 것이지요.
- [카프카를 읽는 밤]

이 글들에서 저자는 거리에서 우연히 본 깃발에서 문학의 위상을
연결짓고 백화점에서의 결핍감과 소외감, 경제위기를 불러온 인간의
욕망들을 비판적으로 성찰하고 있다.
세 번째로 삶에 대한 성찰과 주변에 대한 따뜻한 마음을 읽을 수

있다.

어느날 문득 지난 시간을 되돌아 볼 때 "별 거 아니라며 무심히 지나쳤던 것들이 날카로운 비수를 감추고 있었음이 뒤늦게 보이고 행복하다고 여기며 흘려보낸 시간들이 기실 허위였음을 깨닫기도 한다. 거꾸로 의미 없어 보였던 것들이 뒤늦게 따뜻한 기운을 모락모락 피워 올리기도 한다."(「어느날, 문득」)는 성찰을 얻어내고 있으며 뜸부기 노래에서 슬픔의 힘을 찾아내기도 한다.(「뜸부기의 힘」)

또 장미꽃이 보이지 않아도 그 향기가 온 방안에 진동하는 것처럼 "보이지 않는다고 해서 부재하는 건" 아니며 "옆에 없어도 함께 있다는 확신, 그 존재를 느낄 수 있다는 기쁨"에 대해 이야기한다.(「장미꽃향기」) 그 외에도 「젊게 살기」, 「창백한 청춘」, 「부자의 꿈」 등에서 젊어 보이고 싶어도 여건이 되지 않는 자, 열패감을 가진 자, 창백한 청춘들과 같은 약자들을 향한 따뜻한 시선을 보내고 있다.

이러한 글들은 깔끔한 문장과 섬세한 문체로 마무리되어 독자의 마음을 두드리고 있다.

한혜경 교수의 산문집 발간을 진심으로 축하하며 앞으로도 사유와 통찰로 빚어진 글들을 만날 수 있기를 기원한다.

차례

하나

문학을 그리며

"엄마는 어릴 때 뭐가 되고 싶었어?"

장래 희망에 대한 글쓰기가 숙제라며 뭔가 열심히 끄적거리던 아들 애가 묻는다.

나는 뭐가 되고 싶었던가. 시간을 거슬러 올라가 잠시 기억을 더듬어 본다.

초등학교 시절 나의 희망은 무용가, 교육가, 문학가였다. 무용가는 발레리나 만화 주인공을 흠모하다가 꿈꾸게 되었고 교육가란 꿈은 페스탈로치의 위인전을 읽고 감동해서 생겨난 것이었다. 이 꿈들이 감정적이고 일시적인 것이었다면 문학가에의 꿈은 비교적 오래 나를 잡고 놓아주지 않는 꿈이었다.

어릴 때부터 문학에 대해 관심을 갖게 된 데는 부모님이 마련해주신 환경 덕이 크리라 생각된다. 아버지께서 출판업에 종사하여서 늘 책과 함께 지낼 수 있었고 어머니는 국문학을 전공하신데다가 감성이 풍부하고 열정적이셔서 어린 나의 감수성을 알게 모르게 일깨워 주셨다.

밖에 나가 놀기보다 책 읽는 게 더 좋았고 지루해지면 뒹굴면서 책장에 꽂힌 책들의 제목 읽는 것을 즐겼다. 그 때 내가 좋아했던 책은 동화책들과 12권의 두툼한 백과사전이었는데, 사전 속에 곁들여진 세계 여러 나라와 명화들의 칼라사진들은 매일 들여다보아도 질리지 않았다.

엎드려 책을 보다가 장롱 밑 어두컴컴한 부분을 들여다보고 있으면 어둠이 주는 묘한 느낌과 설명할 수 없는 슬픔 같은 것이 조금씩 차오르는 것 같았다. 어둠 저 편이나 발을 딛고 있는 땅 밑, 높다란 나무 꼭대기 위에 책에서처럼 다른 세계가 이어져있는 것은 아닐까, 난쟁이들이 집구석 어디엔가 숨어 있지 않을까 하는 생각, 밥을 먹으면서는 이 밥알들이 사람이고 내가 신이라면 어떤 일들이 벌어질까 하는 상상들에 싸여 어린 시절을 보냈다.

또 생각해보면 삶의 갈피갈피에 문학에 대한 관심을 지속시켜준 만남들이 있었다.

초등학교 1학년 담임선생님께서 선물해주신 동화책은 특별한 의미로 다가온다. 다른 아이들이 받은 책에 비해 내 것의 내용이 어렵다는 사실에 괜히 으쓱해 하면서 이해하기 어려운 어휘나 상황들을 멋대로 상상해 꾸며보았던 기억이 새롭다.

중학교에 가서는 두 번이나 국어선생님이 담임이셔서 문학에 대한 관심을 더욱 키울 수 있었다. 1학년 때 문집 1권을 만들어 내는 숙제를 즐거운 마음으로 열심히 했던 것과 3학년 때 선생님께서 읊어 주셨던 시를 귀담아 듣던 것이 기억난다.

책을 통해 알게 된 세계는 나를 조금은 조숙한 아이로 만들어, 초등학교 시절에 어른의 세계를 거짓과 위선이 지배하는 것으로 부정적으로 간주했던 기억이 난다. 겉으로는 얌전하고 모범적이었지만 속내는 건방지고 꽤 삐딱한 편이였으며, 강렬한 삶을 동경하고 있었다.

그렇지만 '속의 나'가 원하는 삶을 살만큼 용감하거나 끼가 있는 편은 못되고 좀 더 현실적이고 세속적이었다고 할까. 아무튼 내 삶은 문학 속 주인공과는 달리 정상적(?) 경로를 밟아왔다.

고등학교 때, 한 소설가의 생애를 다룬 기사를 읽고 충격 받았던 기억이 난다. 얌전해 보이는 외모와 달리 어릴 때부터 몇 번에 걸쳐 가출을 시도했다는 사실에 "작가는 역시 달라." 하면서 나 같은 범인은 작가가 될 수 없으리라는 열패감을 느꼈다. 일상적 질서로부터 자유로운, 불꽃과도 같은 삶은 내 실제 삶에서는 이뤄질 수 없음을 시인하면서, 나의 꿈은 소설가나 시인과 같은 '작가'가 아니라 문학 언저리에 존재하는 '문학가'가 된 것이다.

대학에 가서 여러 진로를 생각하다가 문학을 공부하는 길을 택한 것은 비일상적 삶을 꿈꾸었던 속마음이 작용한 결과일 것이다. 문학 속 다양한 삶을 통해 작가들의 삶을 이해하고 그 고뇌를 공유하기도 하며 문학가에의 꿈을 한편으로 실현하고 싶었다.

소설 속에서 내 관심을 끄는 인물들은 별 문제 없이 행복하게 살아가는 쪽이 아니라 문제적이어서 겉돌거나 소외되는 자들이다.

타락한 세계의 가치에 희생되어 불행한 삶의 나락으로 떨어지거나, 돈과 명성 같은 세속적 즐거움과 무관하게 자신의 열정을 좇는 자들, 모두 오른손잡이인 세상에서 홀로 삶을 당당하게 구현하는 왼손잡이의 삶 같은.

자신이 몸담고 있는 사회의 주된 흐름을 따르기 어려운 이들은 그 어긋남에 비극성이 배태되어 있는 것이고 그러한 부분들이 나를 안타깝게 하면서도 끌어당겼던 것이다.

한데 나이를 먹어가면서는 강렬한 빛을 향한 열망보다는 평안과 위로를 주는 따스한 온기에 끌리는 것을 발견하게 된다. 자유나 열정에의 꿈을 간접적으로 경험케 해온 문학이 이젠 안온하게 숨을 수 있는 도피처를 제공하고 있는 것이다.

요즘 우리 사회는 뭐든지 튀어야 하고 빨리 변해야 한다고 강요하는 듯하다. 그렇지 않으면 도태된다고 외치며 내적인 가치를 더 이상 중시하지 않는 사회분위기 속에서 내 어지럼증을 가라앉히는 것은 문학이다.

어느 평론가가 말했듯이 유용성이 중요해진 시대에 쓸모가 없어 보이는 문학은 바로 쓸모가 없기 때문에 피곤한 우리를 쉬게 한다. 쓸모 있는 사람들 속에서 주눅 들고 피곤해진 나는 쓸모없는 사람들이 힘겹게 삶을 영위하고 있는 소설 속에서 동질감과 위안을 느끼는 것이다. 중요하지 않다고 외면당하는 가치덕목을 고집스럽게 붙들고 있는 인물들이 아직 건재한 곳이 문학 속 세계이기 때문이다.

어릴 때 비범한 소설 속 인물을 꿈꾸게 만든 문학이, 이제는 비범하지 않아도 보잘 것 없어도 진실을 추구하는 일의 소중함을 알려주면서 위안을 주고 있다. 거창한 작품만이 아니라 주변의 사소한 이야기들도 충분히 감동을 전할 수 있음을 가르쳐주는 문학에 새삼 고마워하면서 아이에게 답해준다.

"엄마는 어릴 때 문학가가 되고 싶었지. 지금도 그 꿈을 향해 가고
있단다."

쌍둥이들

잘 모르는 사이라도 나와 같은 성향을 갖고 있는 걸 알게 되면 와락, 반갑다. 동류를 만난 기쁨이다.

초등학교 시절, 청소를 한 뒤면 매캐한 먼지 냄새에 코가 아팠던 기억이 있다. 지금도 떠오르는 학교 풍경 중 하나가 회색빛 층계참의 공간이다. 햇빛에 부옇게 떠있는 먼지를 보면 코 속이 싸해지곤 했다. 그런데 먼지 냄새가 난다는 나의 말에 동조해주는 사람이 당시엔 없었다. 엄마조차도 무슨 먼지 냄새가 있냐고 했던 것 같으니까. 대학에 와서야 먼지 냄새를 아는 친구를 만났다.

근시 탓도 있겠지만 늘 책을 보고 눈을 혹사하는 편이라 자주 충혈되고 눈에 열이 나곤 한다. 눈 주변이 뜨거워진다고 말하면 그게 무슨 증세냐, 처음 듣는다는 식의 반응들이 많았다. 비슷한 증세를 가진 친구를 대학원에서 알게 되었다. 그 친구는 "그럼, 눈에 열나는 거 맞아. 난 눈에 열이 나면 안경에 김이 서려 부예지기까지 하는 걸."이라고 말해서 날 기쁘게 했다.

어릴 때 장롱 밑을 들여다본 사람은 꽤 많았다. 문학을 하는 사람들이라서 비슷한가, 대학 스승에서부터 여러 사람들에게서 장롱 밑 어둑한 공간을 들여다보며 이런저런 상상을 했다는 얘기를 들었다.

한 친구는 어린 시절 화려한 십장생 자수가 놓인 이불의 연두 빛이 이상하게 슬펐다고 했다. 슬픈 느낌까지는 아니었지만 봉황인지 학인지 이런저런 새와 모란꽃과 같은 색색의 꽃들이 어우러져 수놓인 이불을 쓸어보고 들여다보며 놀던 기억이 나에게도 있다.

입사동기이자 마음이 잘 맞아 '절친'이 된 N교수님이 전화 받는 모습을 보곤 웃음이 나왔던 적이 있다. 무슨 카드를 홍보하는 전화였는데, 그 선생님도 나처럼 빨리 거절하지 못하고 난감해 하면서도 예의 바르게 끝까지 상담원의 말을 듣는 것이었다.

소설 속에서도 비슷한 인물들을 만난다. 나는 종종 혼자 중얼거리기도 하고 청소기 줄이 꼬이거나 컴퓨터 작동이 잘 안되거나 하면, "애, 왜 이러니?" 하고 타박도 하는데, 하성란의 「옆집 여자」란 소설에서도 물건들에 말을 거는 여자가 등장한다. 그녀는 심지어 집안 물건들에 이름도 붙인다. 털털거리며 겨우 작동하는 고물 세탁기에 자신의 이름을 붙여놓고 "한번 더 힘을 내자꾸나, 영미야."라고 하는 것이다. 나도 예전에 자동차가 주행 중에 시동이 꺼지곤 해 마음을 졸이다가 집에 도착해서는 '수고했다'고 칭찬했던 터라 그녀 마음이 고스란히 이해되었다.

몇 년 전 MBTI 연수에 참가한 적이 있다. 성격유형을 네 가지 척도로 나누어 설명하는 방식을 가르쳐주는 연수였는데, 학생 상담에 도움이 될까 하여 신청했다. 첫날은 MBTI의 개념을 설명하고 둘째 날, 각자 자신의 성향을 체크하고 같은 유형의 사람들끼리 앉게 했다. 서로 간단히 자기소개를 한 뒤 공통점을 찾아보라고 했는데, 마치 이산가족 상봉과 같은 분위기가 되었다. 여기저기에서 "맞아, 맞아." "어쩜 이렇게 똑같아요?" "너무 신기해요. 나도 그랬는데……" 등등 경탄의 소리들이 계속 터져 나왔다. 이해받지 못했던 특징들을 공유하고 있는 사람을 만났을 때의 기쁨과 흥분으로 연수장은 오래 웅성거렸다.

나도 같은 유형의 선생님과 이야기를 해보니 상당 부분 취향이 같아 곧바로 친밀감이 생겼다. 나의 경우, 내가 좋아하는 것들이 직업으로 연결된 것이라면 그 선생님은 간호대학 교수이므로 연극동아리에 들고 그림을 그리러 다니는 등 예술적 감성을 위해 따로 시간을 할애하고 있다는 점이 달랐을 뿐이었다. 그 이후 연수시간은 시종 부드러운 분위기 속에서 흘러갔다.

'이웃사촌'이란 말이 있듯이, 피를 나눈 가족이 아니라도 마음이 통하는 이들이 있어 삶이 훈훈해지는 것일 게다. 나 혼자인 것 같다가도 이들 쌍둥이들 덕에 위안을 얻게 되고 그 힘으로 삶을 지탱하는 게 아닐까.

살 만한가

오랜만에 만난 친구가 묻는다.

"살 만하니?"

"글쎄, 그저 그렇지 뭐."

적당히 대답하고 넘어갔지만, 그 질문은 그 뒤로 가끔 되살아나 나에게 묻는다. 살 만하냐고.

그때마다 어쩔 수 없이 나는 내 삶을 돌아보게 된다. 겉으로는 특별히 나쁠 것도 없어 보이지만 이런 정도를 살 만하다고 해도 되나 하는 회의에서부터 이만하면 노력하는 삶이라고 해도 되겠지, 하는 위안까지. 내 머릿속은 바쁘게 왔다 갔다 한다.

어느 정도면 살 만하다고 할 수 있을까. 경제적으로 넉넉할 때? 건강하고 자녀들이 착하고 공부도 잘하고…… 가족들이 화목할 경우? 하고 싶은 일이나 바른 일을 하며 살 때? 정신적으로 깨어있는 삶? 사랑하고 사랑해주는 사람이 있을 때?

사람의 욕심이란 한이 없어서 적절한 선에서 만족하기란 어렵다. 그렇다고 누군가가 이 정도면 살 만하다고 기준을 정해주는 것도 아니니까 결국 자신이 가치를 어디에 두느냐에 따라 삶의 모양새나 만족도가 달라질 것이다.

나는 직업을 갖고 있는 덕에 '결혼한 여성의 자기완성'이라느니 '전문직 여성' 같은 멋진 말을 듣기도 하시반 사실 하루하루 정신없는 나날을 보내고 있다. 아침이면 좀 더 자고 싶은 마음과 늘 싸우면서 약한 체력으로 공부도 하고 집안 살림도 하다보면 나 자신을 돌아보기는커녕 고단한 막노동꾼 같다는 생각이 들곤 한다.

그나마 요즘은 아이들이 성장해 전보다는 수월한 편이지만 어릴 때는 매달리는 아이를 떼어놓고 나가면서 지금 잘하고 있는 건가 고민한 적이 한두 번이 아니었다. 어느 겨울날 집에 돌아오니 아파트 복도에서 혼자 우두커니 자전거에 앉아있던 아들애의 영상은 지금도 가슴을 아리게 한다.

TV 드라마나 여성용 상품 광고에서 보여지는 여성의 생활은 말 그

대로 환상적이다. 고급 백화점에서 쇼핑을 하거나 어학공부를 하며 멋진 드레스를 입고 파티에 가거나 우아하게 욕조에서 목욕을 한다. TV 속에서는 어머니도 자애롭기 그지없다. 젖을 물고 잠든 아이를 사랑이 가득 담긴 눈으로 바라보고 있거나 아이들에게 맛있는 음식을 만들어 주면서 흐뭇한 미소를 띠고 있다.

하지만 주변을 돌아보면 나를 포함해서 여유와는 거리가 먼 사람들이 꽤 많다. 나처럼 일과 가사일 사이에서 허덕이는 친구들이나 길거리와 시장, 버스나 전철 같은 공간에서 마주치게 되는 여자들을 보면 광고 속의 여성의 삶은 비현실적인 이미지일 뿐임을 확인하게 된다.

몇 년 전 어린이날, 아들애가 컴퓨터 게임을 사고 싶어 해서 전자상가에 갔다. 온통 부모 손잡고 나온 아이들로 북적대고 있었는데, 재미있는 건 아이들의 표정이 기대감으로 상기되어 있는 데 비해 어머니들은 대부분 웃음기가 없다는 점이었다.

마침 옆으로 지나치는 모자간의 대화가 들렸다.

"엄마. 나 오늘 사고 싶은 거 사도 되지?" 하는 아이의 들뜬 물음에 이어진 대꾸는 '으이구, 이놈의 어린이날인지 뭔지. 아무거나 빨리 골라.' 하는 퉁명스런 것이었다. 슬쩍 돌아보니 삶을 헤쳐 오느라 드세졌지만 지치고 힘겹다는 기색이 역력한 얼굴이어서 마음이 짠하던 기억이 있다.

　얼마 전 이사 온 아파트 후문 쪽 입구는 아직 정돈이 되지 않아 재래식 가게들이 늘어서 있는 골목이다. 운전할 때면 반대편에서 오는 차들을 피해 천천히 빠져나가야 하는데, 길가엔 자동차를 별로 무서워하지 않는 아이들이 있게 마련이어서 조심하게 된다.

　그런데 엉뚱한 곳에 한눈 팔고 있는 아이에게 위험하다고 말하는 어머니들의 표현이 거친 데 종종 놀라곤 한다. 너덧 살 정도의 어린아이인데 차가 오는데 비키지 않는다고 쥐어박기도 하고 떼쓰며 우는 아이에게 인상 쓰며 야단치기도 하는 여자들을 보면, 여자들의 삶은 별반 달라진 것이 없다는 생각이 드는 것이다.

　전체적으로 경제적 수준은 높아졌다는데 여자들이 삶을 돌아보는 여유가 생긴 것 같진 않다. 한 푼이라도 아끼려고 아등바등하다 보니 자신의 이익을 먼저 챙기고 감정이 앞서게 되고 남의 이목 보다는 자신의 몸 편한 게 먼저이고…… 그들에게도 꽃다운 소녀시절이 있었고 짐짓 수줍음을 부려보기도 하고 남의 시선을 의식하기도 했던 시절이 있었을 텐데, 몇 년 뒤 자신의 모습이 이렇게 변하리라고 상상이나 했을까.

　거울을 보니 또 하나의 굳은 얼굴이 있다. 내 얼굴에서 '그들'의 얼굴을 본다. 시간이 가면서 꿈은 자꾸 줄어들고 이루어 놓은 것은 별반 없음을 깨달으면서 초조한 얼굴. '생각했던 것과는 다르구나', '내가 꿈꾸던 곳과는 다른 곳에 와 있구나' 하는 것을 확인하는 게 삶이라면 우리 삶이란 얼마나 쓸쓸할 것인가. '그래도 살 만하구나' 하고 느끼며 살기 위해서는 나에게 주어진 시간을 충실히 살아가야 하리라.

뻔한 얘기지만 결국 마음 다스리기가 중요하다는 말밖에는 묘책이 없는 듯하다. 짜증나고 성급해지는 마음을 가만히 들여다보면 왜 그런지 이유도 생각날 거고 그러다 보면 미미하나마 해결의 실마리도 찾지 않을까? 여유를 지니려고 애쓰고 내 삶이 살 만한가 우리 삶이 살 만한가 살피다 보면 그래도 조금 나아지지 않겠는지.

'하늘을 우러러 한 점 부끄러움 없기를' 노래했던 시인까지는 못 되더라도 가끔씩은 하늘을 우러러보며 살 만한가 점검하면서 살고 싶다.

착한 여자 콤플렉스

어릴 때 '서울깍쟁이'란 말을 이따금 들었다. 어린 마음에 그 말이 부정적인 뉘앙스로 들려 그 때마다 '그게 아닌데……' 내심 억울하다는 생각을 했다. 내성적이고 붙임성이 없는 편이라 낯선 사람과 금방 친해지거나 쉽게 말붙이는 것이 어려웠고 책 보는 것을 좋아해서 상대적으로 말을 덜 했기 때문이지 깍쟁이는 아닌데 하는 생각이었던 것이다.

말없이 있으면 화난 것으로 보였는지, 언젠가 아버지 친구 분이 "혜경이, 왜 가만히 있어? 화났니?" 라고 물었던 적도 있다. 중학교 1학년 때는 집에 찾아온 친구에게 왜 왔냐고 물어서 엄마가 걱정하기도 했다. 학기 초라 이름도 서로 잘 모를 때인데 우리 집을 어떻게 알았는지가 놀라웠고 잘 알지 못하는 친구인데 왜 왔는지 정말 궁금해서 물었던 것인데, 엄마는 그런 내 모습이 당혹스러웠나 보다. 내 성격에 문제가 있는 건 아닐까 고민했다고 한참 시간이 지난 후에 말씀하셨다.

좀 까탈스럽고 신경질이 많았던 것은 기억난다. 초등학교 4학년 때인가, 상황극처럼 반 전원이 역할을 나누어 은행 업무를 해보는 시간이 있었는데, 일처리를 잘 못하는 친구에게 신경질을 내기도 했으니까.

실상은 이해타산이 늦고 약삭빠르지 못해 조금 어수룩한 쪽인데 새침해 보이는 인상 때문에 손해를 본 편이랄까. 어쨌든 깍쟁이가 아닌데 깍쟁이 소리를 듣는 것이 억울해서 그 소리를 덜 들으려 노력했다. 그 덕인지 중고시절엔 모범생 친구로부터 이른바 노는 친구들까지 다양한 성향의 아이들과 두루 잘 지냈고 그 뒤로도 좋은 친구들이 꾸준히 생겨 감사하고 있다.

그러더니 어느 시점부터인가 착하다는 얘기를 듣기 시작했다. 대학 시절 남자친구가 '무엇보다 착해서 좋다' 라는 말을 했고 남자친구 어머니로부터 '착하게 생겼다' 는 말을 듣기에 이르렀다. 착하다는 말이 예쁘지 않다는 뜻을 우회적으로 표현한 것이라는 해석도 있지만 여하튼 당시는 퍽 기뻤다. "아니, 어떻게 알았지?" 하는 놀라움과 '아, 알아보는 사람도 있구나.' 하는 고마운 마음이 뒤섞여 일어났던 것이다.

착하다는 평이 더 많아지기 시작하자, 어느 때부터인가 착하다는 말이 더 이상 반갑지 않았다. 이거 바보라는 소리 아닌가, 아니면 똑똑하지 않다는 소린가, 하는 생각이 든 것이다. 착하다는 얘기보다 똑똑하다는 말이 더 듣고 싶어졌다.

하지만 그러면서도 착한 사람으로 인정받고자 하는 마음은 여전히 남아있다. 더 나아가 모든 이에게 좋은 사람이라는 말을 듣고 싶어 하는 마음이 있는 것을 발견했다. 가족들은 말할 것도 없고 친척들, 친구들이나 선배와 후배들, 동료 교수들, 학생들, 심지어 가게 주인, 택시 기사들로부터도 좋은 사람이라는 말을 듣고 싶어 하는 것이다.

그래서인지 화를 낼만한 상황에서 화를 내지 못하고 따져야 하는 것들도 잘 따지지 못하는데다 부탁을 딱 부러지게 거절하는 것이 어렵기만 하다. 쓸 데 없는 홍보 전화임이 분명한데도 끊지 못하고 어느 시점에서 거부의사를 밝혀야 하는지 고민하곤 한다.

직장에서 의견 충돌을 겪었을 때 마음이 많이 불편했던 것도 좋은 사람이라는 말을 듣지 못했기 때문이었다. 나와 생각이 다른 사람이 존재하고 나를 좋지 않게 보는 사람이 있다는 것은 어쩌면 당연한 일인데도 착한 여자로 인정받으려는 마음 때문에 내가 나쁘게 보이는 것을 용납할 수가 없었던 것이다.

　그러나 그 뒤로도 시간은 흘러 이제는 나와 생각이 다른 사람들이 나를 다르게 보는 것을 자연스럽게 받아들이게 되었다. 적어도 그렇게 하려고 노력하고 있다.

왜 나는

얼마 전 대학원 시절 은사의 고희연이 있었다. 고희에 맞춰 선생님의 수필집과 선생님이 지도하시는 수필모임의 공동수필집이 함께 나와 출판기념을 겸해서 이루어진 잔치였다.

평소 선생님을 자주 찾아뵙지 못해 죄송한 마음으로 들어선 자리는 화사한 한복 차림의 중년여성들로 화안한 빛이 가득했다. 그들은 선생님이 지도하시는 수필모임의 회원들이었는데, 화장기 없이 회색이나 검은색 계통의 바지 정장을 입은 우리 대학원 제자들 팀과는 여러모로 대조적이었다.

돌아가면서 고희 축하 인사말을 하는 순서에도 우리들은 서로 네가 해라, 후배가 나가야지 하면서 빼고 있는데, 그들은 서슴없이 앞에 나가 선생님의 수필 수업이 얼마나 즐겁고 유익한지, 수필을 쓴 뒤 얼마나 생활이 달라졌는지, 시원시원하게들 이야기했다.

그들의 진면목은 행사 뒤 뒤풀이에서 두드러졌는데, 노련한 제스처를 곁들인 노래실력이 모두들 수준급이었다. 그들과 함께 어울려 노래하시는 선생님 모습이 행복해 보였다. 나는 '우리는 해드린 게 별로 없네.' '저 사람들이 없었으면 오늘 이 자리가 얼마나 밋밋했을까', '선생님이 퍽 좋아하시는구나' 이런 생각들을 하며 그 정경을 바라보고 있었다.

선생님은 수필가이시지만 학문 쪽 전공은 현대소설이어서 우리 제자들은 모두 현대소설 전공자들이다. 50대 중반을 넘어선 선배부터 나를 포함한 40대 제자들, 내 아래로 30대 초반 후배들까지 열댓 명 되는 제자들은 노래하라는 요청에 모두들 고개를 저을 뿐 나서는 사람이 없었다. 한참을 사양하다 다함께 나가서 합창하는 것으로 겨우 예의를 차렸을 뿐이다.

춤을 추며 열창을 하는 수필회원들을 보며 '왜 우리들은 흥이 없을까?' 의문이 들었다. 소설 분석을 열심히 하다 보니 몰입과는 점점 멀어진 걸까. 어떤 정황이든지 단순하게 보지 못하고 이면의 것을 생각하는 게 습관이 되어서일까. 지금도 웃고 있는 저 얼굴 뒤에 어떤 사연이 있을까를 자동적으로 생각하고 있으니깐.

집에 와서 받아온 수필집을 펼쳐보았다. 회원마다 3편씩 올린 글에는 그들의 일상이 녹아 있었다. 5, 60대 회원들이 많아 손주들과 자식, 남편, 동네 할머니들 이야기가 주로 등장했다. 평생 살림만 하다가 중, 노년에 이르러 자신의 이름으로 글을 쓰며 희열을 느끼는 심정을 짐작할 수 있었다.

한 친구 말이 생각났다.

수필도 쓰고 동화도 쓰는 고등학교 동창인데 편지쓰기 모임을 이끌고 있다. 주로 주부들인 여성들이 서로 편지를 주고받는 모임이라는데, 처음 들었을 땐 '별게 다 있네' 하는 마음이었다. 그런데 알고 보니 각 지역마다 지부도 있고 계절마다 책자도 나오는 전국적 모임이었다. 집안 살림 틈틈이 쓴 편지들을 모아 낸 책이니 소박하기 이를 데 없지만 삶의 냄새가 밴 글들이다. 그리고 무엇보다 회원들 사이에 정이 넘쳤다.

'살림은 안하고 뭐하는 짓이냐' 는 남편의 구박을 받아가며 쓴 글이라 지면에 발표되면 아주 뿌듯해 한다고 친구는 덧붙였다. 가족이나 남편에게 내가 그동안 한 것이 이것이었노라 하고 자랑스레 내밀 수 있는 증거가 된다는 것이었다.

친구도 시골에서 시어머니 모시고 살면서 힘겨운 살림 틈틈이 글을 쓰고 발표하다가 수필가의 길에 들어선지라 그들의 애틋한 사연을 누구보다 잘 이해하고 있는 듯했다.

그것이 비록 거창한 작품이 되지 못하더라도 글을 쓰는 동안만큼은 시시콜콜한 삶에서 벗어나 다른 '나'가 되는 느낌을 갖는 것이겠지.

생각해 보니 나의 글쓰기에는 그런 절박함이 없는 것 같다. 지리멸렬한 삶에서 벗어나게 해준 데 대한 기쁨이 누락되어 있다. 작품을 읽을 때도 순수하게 감동을 느끼기보다 이건 이래서 잘 되고 저건 저래서 좋지 않고 하며 분석하고 있는 것이다.

이젠 좀 다르게 보고 싶다.

지나친 수식이나 넘치는 감정 표현을 정직하지 못하다고 생각해 왔는데 이런 부분에도 너그러워지고 싶다. 조금 넘쳐도 위선만 아니라면, 이것으로 위안받고 포근함을 느낄 수 있다면 되지 않겠나 싶은 것이다. 글쓰기를 통해 해방감을 느끼는 것이 일종의 환상일 수도 있겠지만 빡빡한 삶에서 그 정도쯤 무슨 문제이겠는가.

수필을 쓰기 시작하면서 동시대 사람들의 삶이나 사회에서 일어나고 있는 다양한 양상들을 정확히 바라보고 그것을 글로 남기고 싶은 바람이 있었다. 좀 더 삶의 생생함, 따뜻함에 귀 기울이는 연습을 해야

겠다. 머리로 다가가지 말고 가슴으로 느끼는 연습도.

　그리하여 어느 날, 내 글이 갓 잡은 물고기처럼 삶의 느낌이 살아 펄떡이기를 소망해 본다.

어느 날, 문득

딸아이가 샤워를 끝내고 젖은 머리를 말리고 있다.

특별히 치장하지 않아도 싱싱하고 아름답다.

하지만 그 나이 땐 그걸 모른다. 시큰둥한 표정으로, 삶이 뭐 이리 지루해, 하는 듯이, 헤어드라이어를 이쪽저쪽 움직이고 있다. 슬며시 웃음이 나온다. 그래, 나도 저랬겠지.

아이들에게 이런 저런 충고(그들은 잔소리로 듣겠지만)를 하다가, 잠시 거리를 두고 바라보면 내가 들어도 참 진부하다는 생각이 든다. 그러나 어쩌겠나, 진리란 게 원래 평범하고 젊은 아이들에게는 고리타 분하게 들리리라는 것을 알면서도 노파심에서 또 하게 되는 걸……

어느덧 중년에 접어드니 지나온 삶을 자주 되돌아보게 된다. 천진했던 유년과 젊다는 이유로 대부분의 치기가 용서되던, 그래서 무모한 모험에의 충동으로 떨기도 하던 청춘시절을 떠올리다가, 그렇게 밖에 할 수 없었을까 하는 자책을 하고 그럴 수밖에 없었다는 변명을 중얼거리기도 하면서 지나온 시간들이 그리워 눈물짓기도 하며 회한에 젖기도 한다.

별 거 아니라며 무심히 지나쳤던 것들이 날카로운 비수를 감추고 있었음이 뒤늦게 보이고 행복하다고 여기며 흘려보낸 시간들이 기실 허위였음을 깨닫기도 한다. 거꾸로 의미 없어 보였던 것들이 뒤늦게 따뜻한 기운을 모락모락 피워 올리기도 한다.

지금 보면 옳은 말들이 젊은 날에는 왜 그리 진부하고 지리멸렬하게만 들렸을까? 다른 사람의 말에 귀 기울이지 않는 오만과 독선이 꼿꼿하고 주관 있는 태도로 여겨지던 때, 그때 삶은 만만해보이기도 했다.

하지만 삶이 쉬운 것이 아님을 느끼게 될 때, 현재의 상처는 이미 전부터 조금씩 곪고 있던 것이고 겉으로 평온했던 날들 속에 미세한 균열들이 커지고 있었음을 인정하게 되는 것이다.

어느 날 문득, 삶이 폭우에 군데군데 구멍이 파인 도로처럼 느껴질 때 오정희 소설을 들춰본다. 그녀의 소설은 정상이라고 볼 수 없는 기이한 인물들, 어긋나는 관계들, 행복하지 않은 결말들로 읽는 이의 마음을 불편하게 하는데도 독자를 끌어들이는 섬뜩한 아름다움이 있다. 아마도 우리가 뒤늦게 감지하곤 하는 평탄한 삶의 껍질 아래 숨어있는 격렬한 뒤틀림을 예민하게 포착하고 있기 때문일 것이다.

그래서 그녀의 소설은 실제 삶에서 맞닥뜨릴 수 있는 불편함을 미리 맛보는 일종의 예방접종이기도 하고, 일상에 치여 잊고 있던 존재의 심연에 드리워진 근원적 불안을 깨닫게 하는 각성제이기도 하다. 알 수 없는 거리감으로 공허해하는 인물들을 통해 삶이 쉽지 않음을 확인하고, 그래도 치열하게 살아보고자 한번 다짐해보는 것이다.

우리 삶이란 게 구부러진 길 저쪽에 무엇이 있는지 모르는 채 걸어가는 것일 수도 있으나, 또 한편으로 그래도 그 너머에 뭔가가 기다리고 있을 거라는 희망을 놓을 수는 없다. 인간이란 불안한 존재이며 불안정한 삶을 살아가는 존재임을 인정할 때, 역설적으로 살아갈 용기를 얻는 것 같다.

2002년 월드컵

체력이 좋지 않아 좀 허덕이며 사는 편이다. 피곤하다는 말은 늘 입에 달고 살았지만, 언젠가부터 상처가 한번 생기면 잘 낫지 않고 얼굴엔 뾰루지가 사라지지 않고 몸은 천근만근이고 했다. 그래도 매일 매일 해야 할 일들에 치여 건강에 신경 쓸 새가 없이 지내왔다.

마흔 넘은 어느 날, 이렇게 살면 안 될 것 같다는 생각이 불현듯 들었다. 일단 건강검진부터 해보자 해서 병원에 갔더니 진짜 문제가 있었다. 정밀검사를 다시 하니, 몸 안에 혹이 있다는 것이 밝혀졌다. 의사는 양성인지 악성인지는 떼어내서 봐야 확실히 알 수 있다면서 그동안 컨디션이 괜찮았냐고 묻는데, 이런저런 생각들이 한 순간에 확 피어올랐다.

쉬어가며 살아야 한다는 거 잘 알지만 그게 어디 쉬운가. 달콤하게 자고 있다가도 아이들 밥 챙기려면 일어나야 하고, 좀 쉬고 싶어도 할 일들이 태산이니 어쩔 수가 없고…… 그러고 보니 굉장히 힘겹게 살아온 것 같아 나 자신이 불쌍해서 눈물까지 났다.

육안으로 봐서 나쁜 건 아닌 것 같다는 의사의 말을 위안 삼으며 진료실을 나왔다. 구멍이 뻥 뚫린 것 같은 가슴에 슬픔인지 분노인지 두려움인지 뭔지 모를 감정들이 회오리처럼 몰려와 몸이 저절로 휘청대고 있었다. 이러면 안 되지, 마음을 추스려야지, 하다가 근처 번역원에 근무하는 친구가 생각났다. 그런데 전화해보니 외근중이라는 대답이 돌아왔다. 싸해지는 마음에 몸은 다시 아래로 가라앉는 것 같았다.

마침 월드컵 기간이었고 한국과 미국의 경기가 열리는 날이라 온 나라는 뜨겁게 달아올라 있었다. 모든 사람들이 월드컵으로 흥분해 있는데, 6월의 한 낮 뜨거운 햇볕 아래 나는 팔에 오소소 돋은 소름을 문지르며 추워하고 있었다.

다행히 큰 문제가 없는 혹이었고 수술 경과도 좋은 편이라 수술하고 이틀 후 퇴원했다.

퇴원하는 날은 또 마침 스페인전이 열리는 날이라 도로를 차단하고 모두들 흥분으로 웅성거리고 있었다. 서둘러 좀 일찍 퇴원을 했다.

집에 오니 좋았다. 아들아이는 수술 자국 한번 보자고 해서 다함께 웃고, 평안했다. 점심을 먹고 좀 쉬다가 TV로 스페인전을 봤다. 막상막하의 경기로 연장전까지 갔는데도 무승부라 승부차기로 승자를 가리게 되었다. 조마조마한 마음으로 지켜보았다.

3골까지는 모두 성공. 선수가 공을 찰 때마다 아슬아슬한 마음에 나도 모르게 주먹을 쥐곤 잘해라 기원하고 있었다. 아, 4번째 공차기. 스페인이 실패했다. 우리나라는 모두 성공! 5:3으로 이겨 준결승에 진출하게 된 것이다.

TV 속에서 모든 국민이 기뻐 서로 끌어안고 팔짝팔짝 뛰고, 바라보는 나의 눈에도 기쁨의 눈물이 고이고 있었다. 정말 잘됐어, 나도, 축구도.

나뭇잎 사이로 _ 딸에게

오늘 수업이 끝나자 지각한 학생이 허둥거리며 연구실로 찾아왔다. 지갑을 잃어버려 그걸 찾느라 시간을 허비했다는 거야. 아직 고등학생 티를 벗지 못한 어린 얼굴에, 앵앵대는 듯한 말투로, 뛰는 시늉과 지갑을 여기저기 찾는 시늉을 실감나게 하는 통에, 그냥 웃음이 터져 나와 다음부터 지각하지 말라고 하며 돌려보냈다.

대학생이라고 하기에는 너무 어린애 같은 그 학생을 보며 살짝 한심해하다가, 정도 차는 있을지라도 젊은 날의 나도 어른이 보기에는 한심했겠지 하는 생각이 들더구나. 1+1=2이지 1일 수도 있다는 사실을 이해할 수 없었지.

석사 마치고 〈문학의 이해〉 과목 담당 TA를 할 때니 그다지 어리다고도 할 수 없는 때구나. 그 해부터 교양국어 관련 업무가 많아져서 전임 TA보다 체크해야 할 레포트 분량이 많아졌어. 난 교양국어 과제 뿐 아니라 〈문학의 이해〉 과제도 체크해야 하는데, 이건 아니다 싶었지. 그래 용감하게 담당교수님을 찾아가 말씀을 드렸단다. 교수님은 흔쾌히 알았다고 하시며 교양국어 일만 하라고 하시는 거야. 이게 웬 떡이냐며 좋아했는데, 내가 했어야 할 일이 어디로 갔는지 한참을 지나서 알게 되었어. 글쎄, 교수님은 그 일을 한참 위 선배에게 시키셨던 거야. 그 선배가 나를 얼마나 괘씸하게 생각했겠니?

당시 누군가 나보고 뭐라고 했으면 알아들었을까? 왜 우린 한참 지나서야 잘못된 것을 깨닫게 될까? 미리 좀 알아챘다면 조금은 현명하게 살아갈 수 있을 텐데 말야. 그 당시 좀더 잘 알았더라면 인생이 조금 나아지지 않았을까 싶기도 하지만, 뒤늦게 후회하고 그렇게 흘러가는 게 삶인 거 같다는 생각이 이제는 드는구나. 너로서는 아직 받아들이기 어렵겠지.

하필 네가 대학을 졸업하고 취업을 할 즈음에 금융위기가 오고 이태백이니 88만원 세대니 하는 말들이 유행어가 될 정도로 취업이 어려워졌는지, 나도 많이 속상하다. 드라마나 영화, 광고 같은 매체에서는 연일 세련되고 화려한 직장생활, 멋진 외모와 옷차림으로 우아하게 행동

하는 주인공들이 등장하고 있으니 답답한 현실이 더욱 답답해 보일 수도 있을 거다. 그럴수록 외형적인 것에서 눈을 돌려 내면의 힘을 기르라는 말 밖에 특별히 해줄 말이 없구나. 현란할수록 알맹이는 없고 쇼에 불과한 것이 많기 때문이란다.

현신아, 아기 때부터 순해서 까탈을 부릴 줄 모르던 너. 너와의 첫 만남이 생각나는구나. 공부만 하다가 결혼해서 비교적 젊은 나이에 덜컥 엄마가 된 나에게 살포시 온 너는 충만한 기쁨과 함께 묵직한 책임감도 느끼게 해주었지. 아, 이제 나도 엄마가 되었구나, 이전과는 달라져야 하겠구나, 이 예쁜 딸을 정성껏 키워 좋은 사람으로 길러야지…… 그런 다짐들을 했단다.

서투른 게 많아서 시행착오도 있었지만 감사하게도 너는 잘 자라주었지. 아장아장 걷기 시작했을 때, 여리고 토실한 너의 몸을 껴안을 때 가슴 가득 차오르는 느낌이 너무 좋아 자꾸 너를 걸어오게 시켰었지. 몇 발자국 정도 뒤에서 두 팔을 한껏 벌리고 기다리면 네가 아장아장 걸어와 내 품 안에 쏙 안기는 거야. 그때 너에게서 나는 아기 내음, 따끈따끈한 몸이 얼마나 좋았는지……

너는 인형보다는 집짓기나 책, 레고 같은 걸 더 좋아했다. 남녀 구분 짓는 걸 좋아하지 않았던 나의 바람 때문이었는지는 몰라도. 레고

블럭은 사실 나도 좋아해서 함께 만들기도 했지. 어느 날, 네가 사람 하나를 만세 부르는 형태로 만들어 뉘어놓더라. 내가 그 사람은 뭐하는 거냐고 물어보았더니 너는 고 조그만 입으로 하늘을 보는 거라고 대답하더구나. 순간 마음이 찡했단다. 아, 이 작은 애가 하늘을 볼 줄 아는구나, 해서 말이야.

만 세 살이 되어 유아원에 다니기 시작해 아침마다 아빠 손을 잡고 깡총거리며 걸어가곤 했지. 광용이를 낳은 지 얼마 안 되어 난 집 안에서 손을 흔들었지. 유리창 너머로 뒤돌아보며 바이바이 하며 걸어가는 너를 바라보면 왜 그렇게 눈시울이 뜨끈해졌는지…… 네가 딸이어서였을까? 이국땅에서 달랑 우리 가족만 있으니 할머니 할아버지 사랑도 못 받고 좀 쓸쓸하다는 느낌 때문이었을까? 아직도 그 이유는 잘 모르겠다.

귀국해서 집 근처 유치원에 다닐 때에도 매일 아침 아파트 현관까지 내려가 네가 통학버스에 올라 손 흔드는 것을 지켜보았지. 잘 다녀오라고 마주 손을 흔들면서 네가 건강하고 예쁘게 잘 자라기를 기도했단다.

초등학교에 들어가서는 스쿨버스 타러 가는 길이 우리 살던 아파트 베란다에서 잘 보였다. 1학년 초에는 버스 타는 곳까지 데려다주었지만 곧 너 혼자 다녔지. 그 길가 가로수 나뭇잎들이 떨어지기 시작하는 늦가을부터 겨울까지는 앙상한 가지 사이로 걸어가는 네 모습이 아주 잘 보였어. 봄이 되어 점차 나뭇잎들이 돋아나 여름날 무성해지면 네 조그마한 몸은 나뭇잎들로 가려졌단다. 나뭇잎 사이로 언뜻언뜻 드러나는 네 통통한 종아리가 얼마나 예뻤는지……

이제 그 다리는 날씬하게 죽 뻗은 다리로 바뀌고 어느새 성숙한 처녀가 되었지만 아직도 나에게는 네가 어린 꼬마로 보인단다.

고지식하고 착해서 규율을 어겨본 적이 없는 너, 백화점에서 아이스크림을 먹다가 바닥에 흘린 것을 네가 얼른 휴지로 닦던 것, 기억나니?

약삭빠른 요즘 세태에서는 손해 보는 성격이기는 하지만 현신아, 결국 승리하는 것은 정직하고 변함없는 것이란다. 너의 모습 그대로 주어진 길을 뚜벅뚜벅 걸어간다면 스스로 만족하며 살아갈 수 있는 날이 올 거야. 엄마는 그렇게 믿는다.

우리 조금 손해 보더라도 정직하게, 꿋꿋하게 살자꾸나.

논산의 뜨거운 햇볕을 기억하며

– 아들에게

그 해 여름 논산은 너무 뜨거웠다.

논산역에 내려 사정없이 내려 쪼이는 햇볕 아래 서자, 너를 보낸다는 엄연한 현실이 확 다가왔다. 쨍쨍한 햇볕 아래 입소식을 마치고 차례로 숙소로 들어가는 무리 중에서 네 모습을 놓치지 않으려고 몸은 이리저리 움직이면서 입으로는 아무 탈 없이 군생활을 마치게 해달라는 기도를 중얼거렸지. 네가 완전히 시야에서 사라지고 연병장이 텅 비었을 때 저절로 눈물이 흐르는 것을 막을 수가 없더구나.

예전 군대에 비하면 아무것도 아니라고 하지만 엄마 맘에야 어디 그렇니? 여전히 불안하긴 마찬가지지. 집에 오는 길 내내, 그리고 집에 돌아와 휑하니 비어있는 너의 방을 보니 허전하고 허전해 며칠 밤 잠을 잘 이루지 못했다. 언제 2년이 지나갈까 했는데, 시간이 흘러 무사히 제대하게 되어 얼마나 감사한지 모르겠구나.

복학하기까지 두 달 남짓 동안 다양한 경험을 해보고 싶다고 해서 선뜻 허락했지. 내년에 교환학생을 신청하려면 영어 공부를 해야 할텐데 하는 생각이 한 구석에서 올라왔지만 젊은 날 경험은 무엇보다도 값지리라는 마음에서였어.

군생활을 하면서 넌 부쩍 성숙해졌다. 어떻게 살아야 할 것인가, 정의로운 삶과 성공의 문제, 인간관계에 대해 많이 생각하기 시작했지. 네가 휴가 나올 때나 내가 면회 가서 나누었던 많은 애기들은 네가 새롭게 깨닫고 알아가는 것들에 대해서였다. 나 역시 여전히 미숙해서, 젊은 날의 방랑과 탐색을 의미있다고 여기면서도 한편으로는 안정된 삶을 중요하게 생각하기에 너의 궁금증과 의욕 앞에서 적절한 대답을 해주지 못하는구나.

광용아, 네가 태어날 땐 조금 쓸쓸했다. 한국에서라면 할아버지, 할머니, 삼촌들이 너의 탄생을 기뻐하면서 많이 축하했을 텐데, 먼 이국 땅에서 달랑 우리 가족만 있었으니까. 곧 외할머니가 와주셨고 건강하고 잘생긴 네 모습을 보는 기쁨으로 쓸쓸함을 잊을 수 있었지.

갓 태어난 네 머리를 감쌌던 배냇모자를 아직 잘 간직하고 있다. 가끔 꺼내보면 너무 신기하다. 내 주먹보다 약간 클까. 이렇게 조그마했던 아기가 지금 이토록 훤칠한 청년이 되었나, 마법의 지팡이를 한 번 휘두른 것 같아서 말이야.

넌 퍽이나 귀여운 꼬마여서 많은 사람들이 널 예뻐했단다. 그렇지만 겁도 많았지.

너댓 살 무렵인가, 온천 휴양지에 있는 대규모 목욕탕의 물이 무서워서 들어가지 못하고 높은 데 올라가는 것도 꽤 무서워했지. 그래서 수영배우는 것도 초등학교 들어간 뒤에야 시작할 수 있었다. 사내애가 겁이 많아 걱정스럽기도 했는데, 자라면서 점점 건강하고 씩씩한 소년으로 바뀌더구나.

누나는 수영이고 그림이고 별 군소리 없이 배웠는데, 넌 싫은 건 싫다고 분명히 말하는 편이었지. 한참 재미나게 태권도교실에 다니더니, 어느 날인가 가지 않겠다는 거야. 너는 잘못한 게 없는데 다른 아이가 잘못하면 다 같이 발바닥을 맞는다고 하면서 왜 맞아야 하는지 모르겠다는 거였어. 수영을 배울 때도 다 같이 기합 받는 것을 퍽이나 싫어했지. 학교에서도 체육대회 연습할 때 어떤 장면이 너무 웃겨서 친구랑 같이 웃었더니 체육선생님이 야단을 치더라며 이해할 수 없다는 표정으로 말하던 것이 기억난다.

네가 서너살 무렵 나는 박사과정 수업을 들으며 강의를 나가고 있어 어린 너를 남겨놓고 나오는 것이 무척 힘들었다. 다행히 좋은 분들이 집안일을 도와주어 무사히 지났지만, 지금도 아프게 떠오르는 장면이 있다.

초겨울로 기억한다. 늦은 오후 집에 들어오는데 아파트 빈 복도에 너 혼자 자전거에 앉아 있더구나. 같은 층에 아이들이 많이 살아 늘 함께 놀곤 했었는데, 그날도 그렇게 놀았을 테지. 다른 아이들이 다 집에 들어가니까 잠시 망연했던 걸까. 아니면 엄마를 기다리는 거였을까. 파란색 파카를 입고 동그마니 자전거 위에 앉아있던 네 모습이 한동안 내 진로를 고민하게 했단다.

초등학생 때부터는 컴퓨터게임을 너무 좋아해 야단도 많이 쳤지. 피시방에 가서 너를 데리고 나온 적도 종종 있었고. 하지만 고등학교에 들어가서는 공부에만 전념해 너의 의지를 믿게 되었다. 네가 선택하는 것들을 한번 믿어봐도 되겠구나 하는 생각이 들었던 거지.

제대하고 두 달 여 동안 너는 많은 경험을 했다. 아르바이트도 하고 재즈댄스도 배우고 아르바이트해서 모은 돈으로 혼자 여행도 다녀오고 KBS 퀴즈 프로그램 「1: 100」에 1인자로 출연도 하고. 이런 모든 경험들이 네 앞 길에 소중한 밑거름이 되길 바란단다. 네 생각의 깊이가 더 깊어지고 경험의 폭은 더욱 넓어지는 가운데 성숙한 어른으로 성장하길 간절히 바란다.

그 길을 가다 보면 뜨거운 햇볕에 괴로울 수도 있겠고 때로 위험한 짐승이 출몰할 수도, 깊게 파인 웅덩이가 있어 발이 빠질 수도 있겠지. 그럴 때마다 너는 다시 일어나서 씩씩하게 계속 길을 갈 것이라는 믿음으로 오늘도 너를 위한 기도를 시작한다.

사랑의 인사

김연수의 소설 「달로 간 코미디언」을 보면 이해하기 어려운 삶을 살다가 실종된 아버지의 자취를 뒤늦게 좇는 딸의 이야기가 나온다. 내 아버지의 삶은 소설 속 아버지와 다르나, "아버지를 이해하려 한 적이 있었나?" 하는 물음에 그렇다고 대답할 수 없기에 소설 속 딸이 흘리는 회한의 눈물에 내 마음도 어느새 젖어들고 있었다.

2007년 늦여름,

한낮엔 이글거리는 태양으로 쨍쨍하지만 아침녘에 불어오는 한 줄기 바람으로 가을을 예감하는 즈음, 아버지가 우리 곁을 떠나셨다. 여든 생신을 한 달 가량 앞두고.

17년 전 심장 관상동맥 파열로 쓰러지신 후, 중환자실에서 심장외과로, 다시 내과에서 재활의학과로, 온갖 힘겨운 과정을 꿋꿋이 견디셨는데, 2년 전 신장투석을 시작하신 뒤로 눈에 띄게 기력이 쇠해지셨다.

앙상해진 팔과 다리, 주사 바늘 자국으로 푸릇푸릇 멍든 손등, 아이같이 자그마해진 몸피를 보고 있노라면 눈시울이 뜨거워지는 한편으로 평생 착하게 살아온 아버지가 왜 이런 고통을 당해야 하는지 화가 났다. 나중엔 폐렴증세까지 나타나 고열과 기침으로 힘겨워하시는데도 그저 바라만 봐야 한다는 것에 안타까운 마음을 뭐라 표현할 수가 없었다. 육체적 고통은 다른 누구와도 나눌 수 없는, 오롯이 자신만의 몫이라는 잔인한 사실을 새기게 될 뿐.

조금이라도 고통을 덜어드릴 수 있을까 손발을 주물러드리거나 "저번보다 좋아지셨어요. 얼굴이 지난번보다 많이 나아 보이시네요. 좀만 더 참으세요. 더 좋아질 거예요."라고 말하는 것 외에 달리 해드릴 게 없었다. 더 좋아지긴 어렵다는 걸 아시면서도 매번 고개를 끄덕이셨다. 그런 상황에서도 내가 쓴 글을 읽어보시고 잘 썼다고 칭찬해주셨고 별 솜씨도 없이 만들어간 사태찜을 늘 맛있게 잡수셨다.

나이가 들면 아집과 욕심이 많아지기도 한다는데, 오랜 투병 중에도 아버지는 심성이 변하지 않으셨고 가시는 날까지 당신보다 가족을 염

3

려하셨다. "목숨 연명시킬 생각 마라"고 하시고 자식들 일 지장 줄까봐 "괜찮다. 오지 마라. 바쁜데 오지 말고 전화나 가끔 하면 된다"고 하셨다. 무엇보다 오랜 병원생활로 어머니 건강이 나빠질까봐 걱정을 많이 하셨다. 가끔은 누가 환자인지 헷갈릴 정도로.

육체는 병에 침범 당했지만 정신은 맑고 꼿꼿하셔서 늘 정갈한 모습에 많이 감사했다. 생에 대한 집착이나 이상한 고집으로 추해지는 육친을 본다는 것은 얼마나 가슴 아픈 일이겠는가……

아버지는 평소 조용하고 말씀이 적은 분이셨다. 하지만 술 한 잔에 얼근해지면 노래도 하고 농담도 하시며 호쾌한 모습을 보이셨다. 빡빡한 일상 사이사이에 필요한 이완의 즐거움을 이해하기 어려웠던 나는 아버지의 그런 모습을 싫어했다. 흐트러진 모습으로 받아들였던 것이다.

"옛날의 금잔디, 동산에 매기, 같이 앉아서 놀던 곳……" 아버지가 즐겨 부르시던 노래이다. 기분 좋아 부르시는 노래 한 마디, 함께 따라 불렀다면 얼마나 흐뭇한 풍경이었을까. 그러기는커녕, 아버지 노래 소리가 들리면 "에고, 취하셨구나." 생각하면서 얼른 내 방으로 들어가버리곤 했다. 아버지가 부르셔도 못들은 척하고.

사춘기 무렵엔 말하기 싫다고 종일 입 다물고 있는 때가 종종 있었는데, 우리 혜경이 뭐 화나는 일 있냐고 하며 웃으실 뿐, 꾸중 한 번 하신 적이 없었다. 성인이 되어서는 또 내 일이 바쁘다고 아버지 마음을 헤아려 볼 생각을 못했다. 아버진 늘 뒤에서 우리를 지켜주는 버팀목으로 여겼을 뿐, 힘들고 아픈 데는 없는지 한번 들어볼 생각을 못한 것이다.

그해 여름, 공교롭게도 우리 남매들이 번갈아가며 외국에 나갈 일이 있었다. 아버지 병세가 심상치 않아 엄마는 너희 없을 때 무슨 일 나면 어쩌나고 불안해하셨다. 하지만 아버진 기다려주셨다. 내가 귀국해서 맨 나중에 아버지를 찾아 뵈었는데 그로부터 3일 후 떠나신 것이다.

가뵈니 가래가 그렁그렁 끓는 중에 열 식힌다고 얇은 시트 한 장 덮으시고 모로 누워 계셨다. 간병 아주머니 말이 그 전 주엔 열도 높았는데 많이 좋아지신 거라고 해서 다행이다 싶었다. 가래 때문에 말씀은 못하시고 희미하게 웃어 보이셨다. 가져간 케익 드시겠냐니까 고개를 저으시고 주말에 애들 데리고 다시 오겠다고 하니까 고개를 끄덕이시곤 물끄러미 한참 나를 바라보셨다. 아버지 눈길에 좀 멈칫하긴 했으나 미욱한 나는 아직 피곤이 덜 풀려 빨리 쉬고 싶은 마음에 그것이 작별인사인 것을 알아채지 못했다.

이 생에서의 마지막 인사인 것을 모르고 또 올게요, 손쉽게 기약 없는 말을 하며 나가는 자식의 뒷모습을 바라보며 어떤 마음이셨을까. 말씀은 못하시지만 마음 속은 하고 싶은 말로 가득 차 있었을 텐데……지금도 그때 생각만 하면 눈물이 난다.

아마 모든 말을 담고 있었을, 무한한 애정으로 웅숭깊던, 이제 고통을 놓아버릴 때가 얼마 남지 않았음을 아셨던 듯한 그 눈길.

생전에 거처하셨던 방에 걸려있는 아버지 영정사진을 물끄러미 바라본다. 영정으로 쓸 만한 사진이 없어 이거저거 고르다가 증명사진을 확대한 거라 약간은 경직된 표정이다.

내가 좋아하는 아버지 젊은 날 사진을 오버랩해 본다. 흑백영화 속 주인공처럼 중절모를 쓰고 선한 눈매로 웃음 짓고 있는 사진. 먼 훗날 병마로 고생하리라는 것을 전혀 예감할 수 없는 씩씩한 기상의 청년사업가.

누군가 그랬다. 삶은 한 사람이 살았던 그 자체가 아니라 현재 그 사람이 기억하고 있는 것이라고. 내 기억 속에 아버지의 삶은 다른 사람들을 배려하는 것이었다. 자신의 마음을 헤아려 준 사람은 많지 않았음에도 불구하고.

아버지의 마지막 사랑의 인사는 내 마음 속에 영원히 남아 힘들거나
지칠 때면 떠올라와 속삭일 것이다.

"괜찮다, 괜찮아. 마음 편히 지내라."

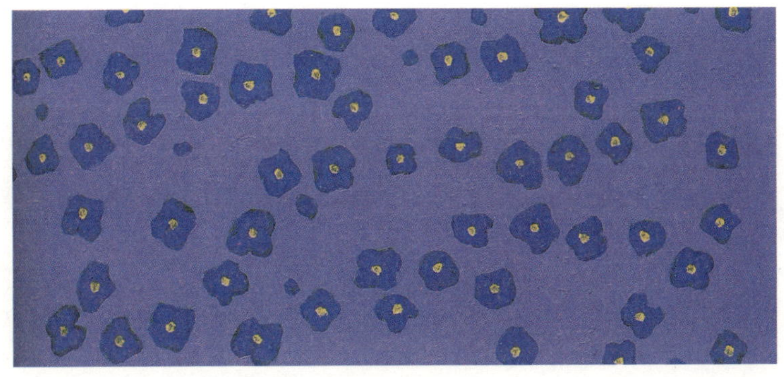

둘

카프카를 읽는 밤

사위가 조용합니다.

한 밤에 이렇게 고즈넉이 깨어 있기도 오랜만인 것 같습니다.

아들아이가 군에 가 빈 자리가 허전해서인가 한밤중에 간혹 잠이 깨곤 합니다. 금방 눈이 떠지는 건 아니에요. 다시 잠이 들기를 기다려보다가 정 안되면 할 수 없이 눈을 뜨지요.

이불 속에서 어둑한 방안을 응시하고 있자니, 이런 저런 생각들이 떠오릅니다.

멀지 않은 곳에서 폭주족 오토바이들이 돌진하는 소리가 들리는군요. 보통 때 같으면 혀를 찼겠지만, 오늘은 그들의 외로움이 가슴에 와 닿습니다. 무엇이 갈급해서 저토록 속력을 내어 달려야 할까요?

단순히 스피드를 즐기기 위해서만은 아니겠지요. 꽉 짜인 일과를 기계적으로 좇아가다 보면, 순간 내가 누구인지 망연해질 때가 있지요. 공허한 마음을 저렇게라도 해서 잊을 수 있다면 다행이라는 생각이 들기도 하고, 저렇게라도 해야 살아갈 수 있는 우리네 생의 팍팍함을 보는 것 같아 안타깝기도 합니다.

인간의 욕구는 끝이 없으니 그만큼 공허함도 커지겠지요. 다른 무엇보다 물질로 그 허기를 메우려는 사람들이 점점 늘어만 가고 있습니다.

최근의 금융위기도 끝없이 물욕을 부추기는 물질만능주의가 일조를 해 일어났다고 볼 수 있겠지요. 어느 정도 벌었으면 만족하는 것이 아니라 더욱 더 벌고 싶은 욕망에 너도 나도 편승한 결과 빚어진 거 아닐까요?

몇 년 전부터 재테크가 중요하다고 하면서 펀드니 투자니 하는 말들이 심심찮게 들리더니 펀드를 모르는 사람은 바보가 된 듯한 분위기가 만들어졌지요. 그 위세는 정말 대단했어요. 대세에 휩쓸리는 것을 싫어하는 저와 같은 사람도 그 흐름에 한 발을 담갔으니까요.

불안 때문이었습니다.

재테크열풍이 불면서 나만 가진 게 없는 건 아닌지, 모두들 돈을 벌고 있는데 나만 빠진 게 아닐까 하는 불안이 고개를 들었던 거죠. 얼마 안 되는 돈을 쪼개어 펀드에 넣으면서, 그 수익이 어떻게 해서 생기는 것인지, 정당한 수익인지에 대해서는 그다지 궁금하지 않았어요. 정말로 은행이자보다 훨씬 높은 수익이 붙는 것을 보며 흐뭇해했을 뿐이지요.

일해서 번 것만이 정당한 대가이고 펀드나 주식투자 같은 불로소득은 옳지 않다던 당신의 말은 허공을 향해 소리치는 것처럼 들렸습니다. 불법도 아닌데 큰 수익이 생기는 일을 마다할 사람이 누가 있겠나 싶었고, 앉은 자리에서 몇 배 몇십 배 돈을 버는 상황에서 고지식하게 땀 흘려 일하는 사람은 바보로 여겨졌으니까요.

미국의 최고 투자은행들이 파산하면서 줄줄이 이어지는 위기상황들을 보면서야 시장만능주의를 경계하던 당신의 말을 뒤늦게 떠올렸습니다. 저처럼 정확히 알지도 못하고 따라 하다가 낭패를 본 사람이 수도 없이 많은가 봅니다. 휘황한 빛을 발하던 탑이 사실은 과도한 욕망들로 삐뚤삐뚤 쌓아 올린, 위험한 탑이었던 것이지요.

밤은 깊어 가는데 정신은 더 맑아져 아예 일어났습니다.

이 책 저 책 뒤적이다가 표지에 인쇄된 카프카의 얼굴이 눈에 띄었어요.

한 쪽 흰 자위가 더 도드라져 보이는 카프카의 눈. 강렬하지만 불안정해 보이는 눈빛 속에 고독한 그의 내면이 담겨있는 것 같습니다.

프라하의 유태인 가정에서 태어난 그는 낮에는 보험국 관리로 일하며 밤에 필사적으로 글을 썼다고 합니다. 스스로 '기동연습 생활'이라고 일컬을 정도로 고달팠다지요. 힘들어도 부모님의 빚 때문에 일을 쉬지 못하던 「변신」의 그레고르는 이런 카프카의 삶에서 배태되었을 겁니다.

억압적인 아버지 밑에서 힘들어하며 프라하와 답답한 생활에서 벗어나고자 했지만 떠나지 못하고, 평생 독신으로 지내다가 41세 생일을 한 달 앞두고 죽은 그가 오늘날의 우리 사회를 보면 어떤 생각을 할까요?

1912년, 「변신」에서 이미 자본주의사회의 일상과 가족조차 비정하다는 사실을 잘 드러내었듯이 이 사회에 만연한 물욕과 비인간적 속성들을 누구보다도 예리하게 감지했을 것입니다. 「법 앞에서」라는 짧은 글에서 보여주었던, 온갖 노력을 다하지만 구원의 문에 들어가지 못한다는 생각이 한층 더 강해질지도 모르겠습니다.

당신이 자주 이야기한 대로, 좀 더 살만한 사회가 되기 위해서는 모두들 한번쯤 돌아봐야 할 거 같아요. 목표를 이루기 위해 정신없이 달려왔다면 잠시 속도를 늦추거나, 잠시 쉬면서. 정말 중요한 것이 무엇인지, 혹시 잊고 있는 건 아닌지 말이에요.

잠 안 오는 밤, 두서없는 생각들이 떠올랐다가 가라앉았다가 하는군요.
그 동안에도 시간은 계속 흘러서,
저기, 새벽이 오고 있습니다.

인텔리전트 아파트

하나

얼마 전 새로 지은 아파트로 이사했다.

새 아파트답게 홈 오토메이션 등 첨단 기능을 갖추고 있는데 무엇보다 내 마음을 끈 것은 자연친화적 환경이다. 모든 차량은 지하주차장에 주차하게 되어 아파트 단지 안은 자동차 없는 쾌적한 산책로가 된다.

지하 주차장은 곧바로 아파트 건물로 올라갈 수 있게 설계되어 편리하긴 한데, 한편으로 아무나 쉽게 들어오면 어쩌나 하는 걱정도 생겼다. 그래서 외부 차량은 입구 경비실에 방문 동 호수를 말하고 신분증을 맡겨야 통과할 수 있다.

종종 들르시는 어머니나 이사 왔다고 놀러 온 친구들이나 우리 집 현관을 들어서면서 하는 말은 한결같다.

"여기 들어오기가 왜 이리 까다롭냐, 딸네 집 오는데도 신분증 달라니……."

"이 아파트 들어오기 엄청 어렵네. 집주인하고 무슨 관계냐고까지 물어보더라."

경비실 통과하기가 번거롭다 보니 어머니는 두 번 올 것을 한 번으로 줄이신다.

"주민등록증을 맡기라니 분실이라도 하면 어쩌려고 하지요?"

심방오신 교회 전도사님도 말씀은 점잖게 하셨지만 마음이 좀 상하신 듯하다. 하긴 살아오면서 의심 같은 건 받아보지 않았을 테니 더욱 그러셨을 법하다.

일단 단지 안으로 들어오면 거쳐야 하는 것이 각 동 출입문이다. 방문객들은 방문할 호수와 호출버튼을 누르면 그 세대와 화상 인터폰으로 연결된다. 안에서 열어주지 않으면 들어 올 수가 없으므로 입주 초기면 뻔질나게 드나드는 인테리어 업자나 외판원들이 성가시게 하지 않아 좋았다.

그런데 모두 좋을 수는 없나 보다. 신문이 오다 말다 하기에 어쩐 일인가 전화했더니 아파트 안에 들어오지 못해 배달을 못했다는 것이다. 배달 아저씨 말이, 아파트 쪽에서 배달시간을 일방적으로 새벽 4시에서 5시로 정했는데 그 시간은 다른 지역에 가는 시간이라서 어렵다는 것이다. 그래서 우리 아파트 배달시간이 언제냐고 물으니 자정 정도라고 한다. 그래서 그 시간은 잠자기 전이니까 벨을 누르면 문을 열어주겠노라고 호기 있게 말했다.

그랬는데 늦은 밤 무방비 상태로 느슨하게 풀어져 있을 때 집 안을 울리는 띵똥 소리는 엄청나게 커서 우리 가족들을 매번 깜짝 놀라게 했다. 아파트 보안도 좋지만 이래서야 불편해서 살겠나 싶어 관리사무소에 얘기해야겠다 하고 있는데 신문이 제대로 들어오기 시작했다.

어느 날 밤 쓰레기 버리러 가다가 신문 배달 아저씨를 만났다.

"요즘 어떻게 들어오세요?"

묻는 나에게 그는 신분증을 경비실에 맡기고 들어온다고 하며 대신 받아온 출입 카드를 보여준다.

"어쩌다 경비가 순찰이라도 돌아 자리에 없으면 기다려야 되니 시간 낭비가 많아요."

신문을 보는 게 미안해지려고 했다.

둘

딸애를 전철역까지 데려다주고 오는 아침이었다. 엘리베이터 앞에서 우유 배달 아주머니와 신문 배달하는 아주머니 둘이 얘기를 나누고 있다. 얼핏 신문 뭉치를 보니 구독자가 많은 신문이라 이 신문배달은 좀 다른가 해서 물었다.

"아주머니는 여기 어떻게 들어오세요?"

"아유, 들어오기가 어떻게 힘든지 몰라요. 경비 아저씨가 어찌나 까다롭게 구는지." 하며 사정 들어주는 사람 만나 반갑다는 듯이 대답한다. 그러자 옆에 있던 우유 아주머니도 거든다.

"어떤 아저씨는 잘 들여보내 주는데 어떤 아저씨는 괜히 까탈을 부려. 이 아파트 도는 게 딴 데 도는 것보다 몇 배나 시간이 걸린다니까. 이래가지곤 이 아파트 배달을 관두든가 해야지. 우린 이것들을 밀고 다녀야 해서 경비 찾으러 다니고 하다 보면 힘이 쫙 빠져요."

그러면서 하는 말이 "나는 매번 아저씨들한테 우유니 음료수를 돌리는데 그게 다 내 돈에서 나가니 남는 게 없어요." 한다. "개중 어떤 아저씬 날 보면 지가 먼저 아우 배고파라, 아우 목말라 이런다니까, 내 참."

권력이란 어디에나 있고 쥐꼬리 만한 권력이라도 휘두르려는 게 인간이라지만 씁쓸함이 오래도록 떠나지 않았다.

셋

근처 가게에 갔다 오는 길이었다.

우리 동 출입문 앞에 웬 남자가 서 있다. 슬쩍 보니 30대 중후반 되는 나이에 선량해 뵈는 얼굴이고, 헐렁한 티셔츠와 반바지 차림이다. 잠깐 담배라도 사러 나온 아저씨 분위기라 마음이 좀 놓였다.

아파트의 각 동 출입문은 유리로 되어 있다. 입주자만이 가지고 있는 키를 사각형의 감지판에 대면 자동으로 유리문이 열린다. 내가 키를 갖다 대자 유리문이 스르르 열렸다. 안으로 들어가는 나를 따라 재빨리 그 남자도 뒤따라 들어왔다.

순간 이 남자가 아파트 주민일까 아닐까 의심이 들면서 엘리베이터를 타야 하나 말아야 하나 고민했다. 뭐 잊고 온 것처럼 밖으로 나갔다 나중에 탈까 어쩔까 하는데, 엘리베이터가 도착했다. 에라 모르겠다 뭐 별일 있겠냐 하면서 엘리베이터를 타고선 우리 층을 눌렀다. 누르면서 에이 다른 층을 누를 걸 하는 생각이 또 잠시 스쳤다. 그 남자도 이런 내 생각을 읽었으리라. 15층을 누르면서 말한다.

"그 열쇠 있잖아요. 잘 열리지 않을 때 많던데…… 잘 열리나요?"

그런 말하는 거 보니 입주자 같긴 한데 모르는 사람은 일단 의심부
터 하게 되니 세상이 각박해지긴 퍽 각박해졌다.

그런데 어느 날 나에게도 열쇠를 잊고 나오는 일이 일어났다. 안쪽
이 훤히 들여다보이지만 들어갈 수 없는 유리문 앞에서 누군가 지나가
기를 목 빼고 기다리고 있자니 난감하기 그지없었다.

그나마 다행히 많이 기다리지 않아 어떤 아주머니가 왔다. 아주머니
의 약간 의심 섞인 눈길을 받으면서 그 뒤를 냉큼 쫓아 들어갔다. 어물
어물하다가 문이 닫히면 큰일이므로. 쑥스러우면서도 입주민임을 증
명해야 할 것 같아 한마디 했다.

“그 열쇠 있잖아요. 열쇠가 작아 까먹기 딱 좋네요.”

새끼손가락만한 작은 열쇠 하나가 사람 우습게 만든다.

여러 가지 첨단 기능이 있어 ‘똑똑하다’ 는 수식어가 붙는 인텔리전
트 아파트에 살면서 종종 지난 시간이 그리워지는 건 나도 나이를 먹
어간다는 증거일까.

복도식 아파트에 살 때 현관문을 열어놓고 옆집에 놀러가고 여러 집
아이들이 모여 복도에 신문지 깔아놓고 놀았는데…… 무거운 짐이라
도 들고 오면 각 동 입구마다 있던 경비 아저씨가 냉큼 들어주기도 하

고, 경비실에 의심 없이 열쇠도 맡기고 다니던 때, 불과 10여 년 전 이
야기인데 석기시대 같은 느낌이다.

「치숙」의 시간

요즘 우리 사회 돌아가는 것을 보면 채만식이 자주 생각난다.

일제치하에서 뛰어난 단편 「치숙」을 쓴 채만식은 해방 후 세태를 한탄하며 다음과 같이 말했다.

역사는 같은 것을 되풀이하지 않느니라고 일러왔다. 그러하건만 세상은 바야흐로 옛 그 「치숙」의 시절을 방불케 함이 없지가 못하다. 저 무력이 강하고, 문화가 앞서고 물화가 풍성 화려하고 한 침략외세를 승인하고, 그를 숭배하고 찬미하고, 그에 자진 굴복 아부하고, 그에 동화되고 함으로써 일신의 영달을 꾀하고 하는 것이 당당히 신념화하였고 한 「치숙」의 주인공 '나' …… 이 '나' 류의 인물이, 위로는 일부 지도자라는 사람네로부터 아래로는 주둔 외군의 심부름꾼에 이르기까지 1948

년의 오늘에 또다시 이 땅에 충만하여 있음을 무엇으로 설명하여야 할 것인지. ─「잘난 사람들」 후기에서

누구보다 예리한 비판의식을 지닌 채만식은 해방 후 더 혼란스러워진 당시 상황이 우울할 수밖에 없었을 터인데, 60여년이 지난 요즘은 좀 나아진 것일까?

국무총리와 장관 후보자들의 청문회를 보다 보면 어떻게 벌든 돈이 많으면 되고 어떻게 거머쥐든 권력만 있으면 된다는 생각이 우리사회에 만연해 있다는 느낌을 지울 수가 없다. 위장전입이나 탈세와 같은 문제제기에 최대한 버티다가 안 되면 "잘못했다. 부덕의 소치다."고 하면서 "그래도 기회를 달라"고 하니, 어느 인터넷 댓글처럼 "내각이 무슨 갱생원이냐"는 분노가 나올 만도 하다.

저 정도의 잘못도 없는 사람은 없을 거라는 얘기도 들린다. 비리의 공유라고나 할까, 도덕적으로 문제가 좀 있더라도 줄을 잘 타거나 능력이 뛰어나면 높은 자리를 얻을 수 있다는 사고에 별반 이의를 제기하지 않으니 정직하게 살고자 하는 사람이 줄어들 수밖에 없는 것이다.

「치숙」에는 사회주의를 하다가 감옥살이를 하고 대학에서 경제학을 배웠다면서 돈을 벌지 못하는 아저씨가 나온다. 그의 오촌 조카인

'나'는 아저씨를 '세상에 해독만 끼칠 사람'이라고 비난하는 청년이
다. 그는 일본인 주인 밑에서 착실하게 돈을 모으고 있어 스스로 '앞길
이 환히 트인' 것으로 여기고 있다. 모범점원 표창을 받을 정도로 성실
하므로 바람직한 자수성가형 인물로도 볼 수 있다. 그러나 일본을 숭
상하며 일본인처럼 살겠다는 소망을 당당히 피력하는 장면에서 그의
왜곡된 모습을 발견하게 되는 것이다.

오늘날, 일본이라는 식민지배국의 자리를 대신하는 것은 자본이나
권력이리라. 「치숙」에 나오는 '나'의 결함을 결함으로 보지 않고 성찰
없는 근면함만 중요하게 여긴다면, '바르다'라는 단어는 낯선 것이 될
수 있다.

돈과 권력이 없어도 소신껏 살면 되는 나라, 남의 눈치 안보고 내가
살고 싶은 스타일대로 살 수 있는 나라, 바르게 살지 않으면 병이 나는
나라, 잘못하고 반성 안하면 잘 살기 어려운 나라, 한낱 꿈일 뿐일까?

창백한 청춘

요즘 젊은이들에 대한 이야기가 나오면 바짝 긴장해서 듣는다. 내 아이들이 그들 또래이기 때문이다.

딸아이는 올해 대학을 졸업하고 진로를 고민하다가 대학원에 진학했다. 과중한 등록금이 부담스럽지만 취업 한 번 해본 적 없이 공부만 하다가 강의하는 일을 직업으로 삼은 나로서는 좀 더 공부를 하면 어떨까 하는 것 외에 달리 해줄 충고가 없었다.

딸아이 대학 졸업이 가까워지면서 이런저런 현황을 들어보니 정말 기가 막히고, 화가 치밀어 올랐다. 대학 4년 공부했으면 어느 정도 먹고살 길이 해결될 줄 알았는데 순진한 생각이었던 것이다. 유례없는 경제파동에 이런저런 악재가 겹치니 대학 졸업장만 가지고 괜찮은 직장에 가기란 하늘에 별따기였다.

기업에서 막 졸업한 학생들을 선호한다고 해서 학점을 다 따고도 일부러 졸업을 늦추면서 취업준비를 하고 면접과 자기소개서 쓰기 요령을 익히기 위한 캠프가 있다질 않나, 토익 800점 이상은 기본이고 영어를 원어민 수준으로 유창하게 말해야 한다질 않나, 듣는 이야기마다 속 터지는 것들이었다. 아나운서나 스튜어디스를 지망하는 학생들은 미모와 날씬한 몸매가 요구되기 때문에 성형수술도 불사한다는 것에서부터, 남자들도 좋은 인상을 만들기 위해 피부 관리실과 성형외과를 찾는다는 애기…… 한이 없었다.

요즘 젊은이들은 어릴 적부터 자본주의의 화려함을 맛보고 자라 그 편의를 더욱 안정적으로 누리고자 하는 욕망이 크다. 주류의 대열에서 벗어나는 것을 불안해 하고 남의 시선과 무관하게 자신만의 삶을 개척하는 것을 두려워한다.

명품을 지녀야 대우 받는다고, 명품 가방 하나쯤은 있어야 한다고 무리해서라도 사려고 한다. 그러나 왜 그래야 하는지에 대한 의문을 갖지는 않는다. 남이 하니까, 그래야 멋진 거라고 매체에서 말하니까, 명품 가방을 들고 다니면 같은 것을 들고 있는 모 연예인과 같은 등급이 된 것 같은 느낌에 뿌듯하니까…… 이유는 많겠지만 깊이 있게 생각할 필요를 느끼지 못하고 또 그럴 시간도 없다. 그러다 보니 끊임없이 업그레이드되는 정보들을 걸러 들을 수 있는 힘을 기를 새가 없고, 그저 풍문에 휘둘리며 휘청일 수 밖에 없는 것이다.

한편으로는 아무리 용을 써 봐도 명품가방을 마련할 수 없는 사람들도 있다. 이들에게는 멋 보다는 먼저 생존이 절실한 목표이다.

젊은 작가 김애란의 소설들을 보면 열악한 삶을 견디는 이 시대 젊은 여성들이 등장한다. 빠듯한 돈으로 재수하느라, 사립대 등록금을 감당하느라, 몇 년 째 공무원 시험과 임용고사를 준비하느라, '얼굴이 전부 노랗고' '시뻘게진 눈으로 밤을 새우고' '스트레스 때문에 한달 째 똥을 못 눠' 얼굴이 까맣고, 피로 때문에 '발뒤꿈치가 바작바작 갈라져' 있으며, 아르바이트 뛰느라 '저녁을 굶기 일쑤' 이고 '새까매진 얼굴' 로 동생 집을 찾아와 '고꾸라져 사정없이 자는' 여자들이다.

이들은 화장이나 치장과 거리가 먼 채로 '꽃 같은 20대' 를 삭막하게 보내고 있다. '젊었지만 허약한 청춘' 들의 표상인 것이다.

이처럼 젊은 날을 '창백' 하게 보내고 있는 수많은 딸들에게 우리는 무슨 말을 해줄 수 있을까?

"조금만 참아. 이건 지나가는 과정이니 곧 좋은 날이 올 거야." 라고?

아니면 "너만의 길을 찾아봐. 남 신경 쓰지 말고." 라고?

그것도 아니면 "더 열심히 해라. 남들보다 앞서 나가려면 이 정도 어려움은 참아야 한다. 성공하는 사람들은 어려움에 지지 않고 극복한 자들이다."라고?

이런 이유든 저런 이유든 터질 듯한 가슴으로 청춘을 구가하는 젊은 이를 찾아보기 어려운 현실이다.

젊은이들이여! 젊을 때 누릴 수 있는 것들을 흘려보내지 말기를, 어리석은 것 같아도 무언가에 깊이 빠져보기를, 실수를 두려워하지 않기를, 먼 훗날 그땐 그랬지 하며 흐뭇하게 웃음 지을 수 있는 추억을 만들어 보기를 희망해 본다.

부자의 꿈

내 자식이 대학생이 되니, 가르치는 학생들이 단순히 학생으로 보이지 않는다. 자식 같은 마음이 드는 것이다. 축제 같은 행사가 있어 휴강하면 일단 환호부터 하는 것을 보면 등록금 마련하느라 허리가 휘고 있을 학생들 부모님이 떠올라 "아이구, 이 철없는 애들아." 저절로 혀를 차게 되고, 전달사항을 잘못 알아듣거나 공부를 게을리 하는 아이들에게도 화가 나기보다 '저러다가 제대로 졸업이나 하려나' 하는 걱정이 먼저 들곤 한다.

「글쓰기와 말하기」란 교양수업에 자기소개서를 쓰는 시간이 있다. 학생들이 쓴 글을 읽다보면 가끔 가슴이 아플 때가 있다. 중학교 때까지 공부를 잘했고 반장이나 학급임원을 하기도 했는데, 집안이 갑자기 어려워지면서 성적이 떨어져 결국 전문대학에 들어왔다는 사연들이다. 대학이름과 상관없이 밝고 씩씩하게 살아가는 학생도 있지만 열패감으로 가라앉아 있는 아이들도 있다.

장래 희망에 대해 말하는 시간에 돈을 많이 벌어 성공하겠다는 학생도 여럿 만났다. 학교 다닐 때는 몰랐는데, 사회에 나가보니 학벌을 굉장히 중시하더라는 말을 기운 없이 전하는 졸업생들도 꽤 있다.

"돈이나 학벌이 중요하지 않은 건 아니지만 그게 다가 아니다. 네가 어떤 사람인가가 더 중요하다. 주관을 갖고 바르게 살면 된다." 이런 요지의 말을 해주지만 안쓰러운 마음이 드는 건 사실이다.

5년여 전인가, 학보사 주간을 맡고 있을 때이다. 학생기자 중에 성격이 아주 밝고 붙임성이 좋은 여학생이 있었다. 멀리서 나를 보면, "교수님—" 하면서 달려와 스스럼없이 내 팔짱을 끼고 "전 교수님이 좋아요."라고 할 정도로 나를 잘 따르고 웃기도 잘하는 예쁜 학생이었다.

어느 날, 기자들을 데리고 패밀리레스토랑을 찾았을 때였다.

근처 테이블에 한 대여섯 살 되었을까 한 아이를 데리고 식사하는 부부가 있었는데, 이 학생이 그들을 보더니 "저렇게 어릴 때부터 이런 좋은 식당에 오다니…… 저러면 안 되는데…… 난 고등학생이 된 다음에야 왔는데……"라고 하는 것이었다. 순간 할 말이 떠오르지 않아 그냥 웃을 수밖에 없었다.

그 학생은 같이 여행 갔을 때도 대답하기 곤란한 말을 했다. 우리 팀 말고도 몇몇 팀이 함께 다니는 일정이었는데, 평소 성격대로 그 아이는 다른 사람들과 곧 스스럼없이 친해져 특유의 친화력을 발휘했다. 이틀째인가, 어머니랑 같이 온 한 소녀를 가리키며 하는 말이 "교수님, 쟤네 집이 방배동이래요. 부잔가 봐요."라고 했다. 너무 천진하게 말하니 뭐라 대답하기가 어려웠다.

또 어느 날은 같은 클래스의 친구 아무개가 부자라는 얘기를 한다. 돈이 많아 택시타고 신촌에 가서 패밀리레스토랑 같은 곳에서 점심을 먹는다는 것이다. 그 친구가 마음이 좋아 자신도 몇 번 데리고 가서 사줬다는 말을 하는 눈망울에 부러움과 경탄의 빛이 어린 것처럼 보였다.

해맑고 밝기만 해 보이는 저 아이가 이런 구획을 긋게 된 건 왜일까? 서울 근교의 도시에서 사는 그 애에게 강남의 한 동네는 꿈의 고장이었을까?

부자를 부러워하는 속내를 감추지 않고 솔직하게 드러내는 그 애에게 "부자를 부러워 할 필요 없다, 부자가 아니라도 훌륭한 삶은 얼마든지 있다."고 말해주고 싶었지만 그러지 못했다. 내 마음 한 구석에도 부자가 되고 싶은 욕망이 숨어 있는데 그런 말은 무책임한 게 아닌가 싶었기 때문이었다.

많은 사람들이 부자가 되길 바라고 부자를 부러워하겠지만 어디부터 부자라고 해야 하나에 대해서는 의견이 분분할 것이다. 그 학생은 패밀리레스토랑에서 밥을 먹고 방배동에서 살면 부자라고 생각했지만 그 정도는 부자 축에도 끼지 못한다고 여기는 자도 있을 테니까.

청렴한 선비가 본받을 만한 위인이라고 배웠던 시절에는 드러내 놓고 부자가 되고 싶다고 말하진 않았다. 어느 신용카드 광고에서 예쁜 여자 탤런트가 '부자 되세요.'라고 말하는 광고가 전파를 타면서부터인가, 어느새 '부자 되세요.'는 최고의 덕담이 되어버렸다.

부를 향한 열망은 그 외의 다른 욕망들을 가볍게 제압했고 심지어 조금 부정한 구석이 있더라도 부자면 좋은 것이라는 생각마저 당연하게 받아들여지고 있다. 부유한 삶이 놓치는 것도 있으며 소박한 삶에서 오는 기쁨도 있다는 사실을 알려고 하지 않으며, 그 기쁨을 느낄 수 있는 감각마저 퇴화되어 가고 있는 것 같다.

그 학생이 졸업 후 논술교사로 열심히 살아간다는 소식을 접했을 때 반가운 마음과 함께 부자에 대한 그 애의 생각이 좀 바뀌었을까 궁금했다.

예쁜 게 뭔지

은행에 다녀오는데 근처 학교 수업이 끝났는지 남녀 중고생들이 삼삼오오 지나간다. 머리를 치렁치렁 길게 기른 여고생부터 우리 시대엔 꿈도 꾸기 어려웠던 파마머리까지 보인다. 교복은 대부분 몸에 꼭 맞게 입었고 치마 길이도 꽤 짧았다. 초겨울인데 맨다리도 보였다.

그 중 한 남학생에게 눈길이 멎었는데, 요즘 아이들 표현으로 "졌다!" 소리가 나올 만한 차림이었다. 교복의 패션화라고나 할까, 와이셔츠는 벗고 맨 몸에 교복 자켓을 타이트하게 입은 것이다. 소매는 걷어 올리고 자켓 단추를 두어 개 풀러 맨 가슴이 드러난 차림으로 스쿠터 옆에 비스듬히 기대고 서 있는데, 패션화보 속 포즈를 연상시켰다. 저 차림을 하고 싶어서 수업 중에 얼마나 좀이 쑤셨을까 생각하니 픽 하고 웃음이 났다.

멋을 위해서라면 추위도 아랑곳 않는 저 열정은 내가 학교 다니던 시절에도 있었다. 여고시절 우리 학교 겨울 교복은 프릴이 달린 하얀 블라우스에 회색 자켓과 치마여서 당시로는 예쁜 편이었다. 몇몇 친구들은 교복 자켓을 최대한 줄여서 앉아 있으면 숨쉬기가 어렵다고 단추를 풀러 놓기도 했다. 그 중에서도 압권은 블라우스의 프릴 부분만 떼어서 자켓에 꿰매 붙인 것을 맨 몸에 입은 친구다. 블라우스 한 장이 얼마나 두꺼울까만 조금이라도 날씬하게 보이기 위해서라면 추위쯤은 상관없었던 것이다.

이처럼 멋을 위해 모든 것을 던질 수 있다는 열의는 예전에도 있었지만 요즘에는 외모에 대한 관심이 지나친 게 아닌가 싶다. 도처에서 얼짱이니, 동안이니, 몸짱이니 하면서 외모에 관심을 갖지 않으면 이상한 사람으로 취급하는 분위기가 되었다. 학교에서 뚱뚱하거나 못생긴 아이들이 왕따가 된다는 이야기에 이젠 아무도 놀라지 않는다.

7, 8년 전인가 보다. 예쁘고 옷 잘 입는 아이가 인기 많다는 얘기를 듣고 놀랐다. 여고에서 교편을 잡고 있는 친구가 해준 얘기였다. 수학여행을 갔을 때 뚱뚱하고 못생긴 학생이 따돌림 당하는데, 선생님들이 도와줄 방도가 없어 딱했다고 했다. 왜냐고 물으니 같이 어울리도록

유도해도 애들이 그런 애와는 놀지 않는다는 것이다. 인기 있는 아이는 공부도 잘하지만 매일 귀걸이를 바꿔달 정도로 멋 내는 아이라고 해서 깜짝 놀랐다.

수학여행에 가서 여고생이 귀걸이를 한다는 것도 놀랄 일인데, 매일 다른 것을 달다니, 귀도 안 뚫은 나로서는 놀랄 수밖에. 이제 멋 부리는 일은 일상이 되었구나 하는 느낌과 함께 그럼 멋 내지 못하거나 멋 부리기 싫어하는 아이들은 어쩌지? 하는 걱정도 일어나는 것이었다. 내가 어릴 때 인기 있던 가요 중에 "마음이 고와야 여자지, 얼굴만 예쁘다고 여자냐"는 노래가 있었는데, 요즘 같아서는 비웃음당하기 딱 맞는 얘기겠다 싶었다.

예쁜 게 싫은 사람은 아무도 없을 것이다. 그러나 예쁘다는 기준은 시대나 사회에 따라 달라진다. 조선조의 미인과 중세유럽의 미인, 아프리카에서 생각하는 미인이 모두 다르듯, 사람마다 관점이 다를 수 있는 것이다. 그것을 인정하지 않고 작고 갸름한 얼굴에 마른 몸매, 큰 눈에 S라인 식으로, 일률적인 잣대를 들이대는 것은 사실 폭력에 가깝다.

그런데도 그에 대항하기는커녕 일방적인 미인상에 가까워지려고 온갖 노력을 하는 사람들이 많으니, 외모중심주의는 더욱 강해지는 것이다. 바람직하지 않다는 것을 알면서도 거부하지 못하고 순응하는 가운데, 이제 외모지상주의는 개인이 거스르기에 너무 거대한 흐름이 된 것 같다.

오늘도 TV에서 바비인형 같은 외모를 자랑하는 연예인들을 보다가, 몇 년 전 체육센터에서 알게 된 미찌꼬가 생각났다. 선한 눈매에 수줍은 미소가 고왔는데, 요즘 기준의 미인형과는 거리가 먼 얼굴이었다. 자신이 직접 자른 듯한 일자 단발머리에 늘 똑같은 스웨터나 티셔츠에 청바지를 입고 다녀 세련미와도 거리가 멀었다.

한국말을 배우러 한국에 왔다가 한국남자와 결혼해 당시 4살 된 딸아이가 있었다. 남편은 한국여자들의 로망이라 할 명문대 의대 출신이었는데 역시 무척이나 선량하게 생긴 얼굴이었다. 늘 함께 와 아내가 운동하는 동안 딸애를 데리고 놀아주며 기다렸다가 함께 돌아갔다. 딸애도 추위에 얼굴이 발개진 시골아이같이 통통한 두 뺨이 발그레해서 아주 귀여웠다.

옷차림이나 화장 같은 것에는 전혀 신경 쓰지 않아 요즘 기준으로 본다면 낮은 점수를 받을 그녀와 결혼한 그 남편은 내면을 볼 줄 알았던 걸까? 근 일 년여 동안 한결 같이 아내를 기다리다가 함께 돌아가는 그와 미찌꼬를 보면서, 소박하고 건실함에서 비롯되는 아름다움을 느낄 수 있었다.

외모를 예쁘게 가꾸는 것을 나쁘다고 할 수는 없다. 외모만 가꾸는 것이 문제일 뿐.

예쁘진 않아도 미소가 눈부시고, 눈에 정기가 어린 얼굴, 내면의 단단함이 엿보이는 얼굴, 신념이 깃든 얼굴, 꾸밈 없이 자연스러운 얼굴…… 다양한 얼굴, 다양한 아름다움을 만나보고 싶다.

젊게 살기

한동안 몸짱, 얼짱이 유행하더니 요즘에는 동안 열풍이란다. 아무리 미인이라도 어려보이지 않으면 안 된다고. 모 여배우가 최고 인기인 까닭은 성숙한 몸매에 베이비페이스를 지녔기 때문이라고 한다.

동안을 유지하기 위한 온갖 비법이 난무하고, 그래도 안 되면 성형을 해서라도 젊게 만들어야 한다. TV를 켜도 컴퓨터를 켜도 젊어지고 살 빼는 사례와 비법, 상품광고가 그득해 온 나라가 젊어지라고 주문을 거는 것 같다.

사실 나이 먹는 것도 서러운데 나이 먹었다고 푸대접 받으면 더 서러울 것은 자명하다. 그래서 에이지즘agism이란 용어까지 등장했나 보다. 나이 들었다고 차별하는 것을 의미하는 것이라는데, 그만큼 고령

인구가 많아졌다는 뜻이기도 하겠다.

신문에서 "늙어 보이면 지는 거다."라는 재미있는 칼럼 제목이 눈에 들어왔다. 늙어가는 친구들을 보며 느끼는 소회와 함께 같은 나이라도 늙어 보이는 자가 더 빨리 죽는다는 연구결과를 소개하면서, 요는 젊게 살자는 이야기였다. 나이보다 늙어 보이는 이유는 삶이 재미없는 까닭이기 때문에 글쓴이는 재미있게 살기 위해 즐거운 생각만 하려고 애쓴다고 했다. 헤어스타일도 파마머리로 바꾸고 배꼽 위로 올라오는 '아저씨 바지'를 다 버리고 청바지를 입는다고. 그는 "악착같이 젊고 건강하게, 아주 오래 살 거다."라며 비장하게(?) 글을 맺었다.

나이가 들면 노화가 진행되는 것은 자연의 이치다. 하지만 오래전부터 좀 더 젊게 좀 더 건강하게 오래 살고 싶은 인간의 욕망은 수많은 비법들을 찾아 나서게 했다. 요즘은 과학적 연구를 통해 노화와 관련된 비밀들을 하나둘씩 벗겨내고 있는 중이다.

건강하고 젊게 오래 사는 것은 누구나 바라는 바일 거다. 그러나 외형은 젊은데, 내면이 그렇지 않다면 추하지 않을까? 또 젊어 보이고 싶다고 지나치게 인위적인 방법까지 동원하는 것도 눈살을 찌푸리게 한다.

외면과 내면이 모두 젊을 때 가장 아름다운 것인데 그러기 위해서는 열린 마음이 중요할 것 같다. 나이가 들었으니까, 내 사회적 지위가 있는데, 내 생각이 무조건 옳아, 하면서 마음을 닫아걸면 삶은 유연성을 잃게 될 것이다.

특히 권위적인 태도는 늙어 보인다. 주변에서 유난히 권위적인 사람을 떠올려보라. 젊어 보이는 사람은 없을 것이다. 나만 옳다는 독선과 고집을 버릴 때 다른 사람의 말이 귀에 들어올 것이며 딱딱하던 몸은 부드러워질 것이다. 젊어지는 것이다.

그런데 젊게 살고 싶어도 여건이 안 되는 이들도 있다. 오래전 아버지께서 대동맥 파열로 중환자실에 계실 때가 있었다. 내가 30대 초반이었다. 만일을 위해 마음의 준비를 하고 있으라는 의사의 말에 노심초사하면서 중환자실 앞에서 마음 졸이고 대기하고 있었다.

오래 입원해있는 환자 가족들은 아예 보호자실에 침구와 식기를 갖다놓고 난민처럼 살고 있었다. 그들 중 머리가 길고 수염도 덥수룩한 남자가 눈에 띄었는데, 알고 보니 어린 딸이 선천적인 심장병으로 오래 앓고 있었고 딸애가 중환자실에 들어온 이후부터 머리를 자르지 않아 그렇게 긴 것이라고 했다. 불량한 자가 아닌가 오해했던 것이 너무 미안했다.

그의 아내는 나와 동갑이었는데, 남편처럼 머리가 산발은 아니었지

만 전혀 치장할 새가 없음을 온 몸으로 보여주는 차림이었다. 나를 보
곤 "나도 애만 아프지 않았으면 저렇게 젊어 보일 텐데……" 하며 한탄
을 했는데, 가슴이 아팠다.

젊게 살고 젊어 보이는 것이 좋은 걸 모르는 사람은 없을 거다. 젊게
살기 위해 노력하면서, 그렇게 하고 싶어도 그럴 새가 없는 사람들도
기억해야 할 거 같다.

안 그러면 살 수가 없어요

요즘 각료후보자들의 인사 청문회를 두고 말들이 많습니다. 위장전입은 기본이고 탈세와 투기, 병역기피 등 석연치 못한 구석들이 계속 나타나기 때문이지요. 그중 총리후보자는 점잖은 인상 덕에 본인 말대로 ‘바른’ 사람 같이 보여 호감 가는 인물 중의 하나였는데, “바르게 살려고 애써 왔다”면서, “종합소득세 누락은 실수였다”고 하고 기업인에게서 받은 천만원을 해외에서 ‘궁핍하게’ 살지 말라고 준 ‘소액’ 용돈이었다고 표현하는 것을 보며 씁쓸한 느낌을 지울 수가 없었어요.

이 정도의 위법은 ‘바르게’ 사는 것에 크게 해가 되는 것은 아닌가 봅니다. 이 정도의 불법이나 거짓말은 대한민국 국민이라면 누구나 저지르고 있거나 저질러 본 게 아닐까요? 그러지 않고서는 대한민국에서 살기가 어렵거나 살 수가 없는 걸까요?

어느 택시기사 말이 떠오르네요. "안 그러면 살 수가 없어요."

학교 가는 길에 택시를 탔는데, 기사분이 나이가 지긋한 분이었어요. 나중에 들어보니 일흔이 넘으셨더라구요. 그런데 연세에 걸맞지 않게 (아니면 경력이 오래 되었으니까 당연한 결과라고 해야 하나?) 급하게 꺾기, 옆 차선 갑자기 끼어들기, 신호 위반하기 같은 기술을 자유자재로 구사하더군요.

우회전해야 할 길인데 직진 차선에 서있어서 "저기, 조 다음에서 우회전해야 할 것 같은데요." 라고 말하면 다음 길에서 해도 된다는 식이에요. 제가 알기로 그 다음에서 우회전하면 안 되거든요. 그래서 그 얘기를 했더니 조금의 주저함도 없이 "아, 거기가 안 되면 아무데서나 돌리면 되지요." 하고는, "안 그러면 살 수가 없어요, 살 수가 없어." 덧붙이더군요. 신호등이고 차선이고 지키며 운전하다간 거덜 나기 딱 좋다네요. "택시기사는 경찰이 좀 봐주나요?" 하고 물었더니, "웬걸요. 걸리면 그냥 여러 말 할 거 없어요. 단도직입적으로 젤 싼 거 끊어주쇼, 하면 대개는 싼 걸로 끊어줘요."

그러더니 갑자기 화난 목소리로 '오토바이 탄 놈들'을 욕하기 시작했어요. 좀 지위가 높은 경찰을 뜻하는 거 같은데, "오토바이 탄 놈들은 봐주는 게 없어요. 그냥 있는 그대로 끊는다니까. 나쁜 놈들. 처다도 안 봐, 아주 못된 놈들이야. 그 놈들한테 걸리면 볼 장 다 본 거에요."하며 목청을 높였어요.

운전경력이 50년 넘는데, 원래는 버스를 몰았다고 해요. 택시로 바꾼 지가 9년 되었다는데, 옛날에는 버스기사 대접이 아주 좋았다네요. 월급도 좋았고 대우도 좋았고, '삥땅' 하기도 좋았고……

"차장애가요, 하루 일 끝나면 그날 빼돌린 토큰을 한 뭉치 슬쩍 주머니에 넣어줘요. 그때 토큰 한 개가 120원 할 땐데 그걸 90원에 팔거든요. 그럼 그게 꽤 괜찮았지요." 순간, 뭐라 대꾸해야 할지 몰라 가만히 있었더니 좀 계면쩍은가, "그땐 모두들 그랬어요. 안 그러면 살 수가 없으니까…… 다들 그렇게 해서들 살았지요."라고 하더군요.

그런 식으로 월급 외 수입이 있었기 때문에, 또 술 담배도 끊고 남들 15일 일하는데 20일 일했더니 3년 지나니까 집을 한 채 살 수 있었다고 합니다. 방이 4개인데 식구들은 한 방을 쓰고 나머진 하숙을 쳐서 돈을 또 모았다고, 그 집을 좀 고쳐 비싸게 팔고는 다른 집을 사고 또 그렇게 모아서 또 다른 집을 사고, 해서 집이 세 채가 되었고 4남매 모두 대학까지 가르치고 다 결혼시켰다고, 자녀들 혼인할 때 모두 집을 사줬고 지금은 아내와 둘이 산다고.

얘기를 듣다보니 대단하다는 말이 저절로 나오게 되더군요. 술 담배도 안하고 남들보다 더 열심히 일해서 결국 부를 얻었다는 성실한 가장의 성공담으로 들리니까요. 문제는 '삥땅'이지요.

부지런하게 살아가는 인물이 채만식의 유명한 단편 「치숙」에도 나옵니다. 대학까지 나왔지만 사회주의를 하다가 감옥살이를 하고 폐병으로 누워있는 오촌 고모부 아저씨를 비난하는 '나'라는 인물. 어릴 때 부모를 잃어 보통학교 4년 다니고 말았지만 앞날이 창창하다며 부자의 꿈에 부풀어 있어요. 일본인 주인이 자신을 귀여워해서 10년 후면 따로 장사를 시켜줄 눈치니 그것을 언덕삼아 30년 동안 환갑까지만 장사를 해서 십 만원을 모아 '떵떵거리고' 사는 것이 그의 '이상과 계획'이지요.

그의 또 다른 꿈이 '내지인처럼' 사는 것이라는 대목만 아니면 모범적인 인물이라고 할 만 합니다. 실제로 이 작품에 대해서 학생들과 이야기를 나눠보면 생각보다 많은 학생들이 '나'를 긍정적으로 평가하는 것을 보게 됩니다. 꾸준히 노력하는 착실한 사람이라는 거죠.

부지런한 민족성 때문인가, 우리는 '열심'이라는 것에 꽤 높은 점수를 주는 것 같습니다. 열심히 살아가는 자라면 자기성찰이나 반성과는 거리가 멀어도 좋은 쪽으로 생각하고 '삥땅' 정도의 사소한 불법은

애교로 봐주는 것이지요.

그런데 그렇게 열심히 노력해서 도달한 지점이 집 몇 채와 '떵떵거리고' 사는 삶이라면 글쎄, 좀 서글픈 건 왜일까요?

"안 그러면 살 수가 없어." "이 정도쯤이야……"라고 위안하면서, "모두들 그러는데, 뭘." "털어서 먼지 안 나는 사람 봤어?"라고 합리화하면서 부자가 되고 높은 지위에 오른 것이라면, 그리고 평소 '바르게' 사는 것이 소신이라고 하면서 '적당히' 살아가는 사람들이 많다면, 우리 인생이 그리고 우리 사회가 너무 초라한 건 아닐까요?

네? 뭐라고요? 집이나 한 채 갖고 있으면서 하는 말이냐구요?

뭐라고 부를까요

신문을 보다가 재미있는 칼럼을 읽었다. 평소 즐겨 읽는 여성 언론인의 글이다.

그녀가 최근에 책 한 권을 냈는데 '황당한 일'을 여럿 겪었다는 내용이다. 인터넷 댓글에 이런저런 딴죽을 걸거나 오해에서 비롯된 글이 올라와도 대수롭지 않게 여겼지만, '참을 수 없게 열 받았던 것은' 자신의 이름 뒤에 달린 '할매, 할마씨, 할망구'라는 호칭 때문이었다고 했다.

60 중반이라고 나이를 밝힌 글이 있어서인지 "할마씨가 제법 감각이 젊다는 둥 세상보는 눈이 할매로선 그럴싸하다는 둥"의 댓글들이 올라왔다는 것이다. 댓글을 올린 이들의 나이를 되짚어보니 대충 30대에서 4,50대 같은데, 그렇다면 자신은 그만한 손자를 둘 만한 나이는

아니라는 것이다.

한편으로 자신과 동갑이거나 연상인 남성 작가의 글을 인터넷에서 뒤졌더니, 그들 글에 대한 댓글에는 할배나 할아범이라는 표현이 없더라는 것이다. 그래서 이 나라에 만연되어 있는 여자, 특히 나이 많은 여자에 대한 '여성모욕적이고 비하적인 뉘앙스'를 인식하며 힘이 빠졌다는 내용이었다.

같은 여자로서, 또 나이 들어가는 여자로서, 공감이 가는 부분이 있어 고개를 주억거리며 읽다가, 그다음 문단에서 예로 든 것을 보며 아차 싶었다.

텔레비전의 인기예능프로그램 「무한도전」을 보고난 소감이었는데, 마침 나도 시청했던 것이었다. 디지털 카메라로 사진을 찍고 전시도 하는 농촌의 6, 70대 노인들을 찾아간 내용이었는데, 출연자들이 모두 활달하고 요즘 유행어로 '예능감'이 탁월해서 퍽 재미있게 본 터였다.

그런데 칼럼을 쓴 이는 그 프로의 진행자들이 자신과 동갑인 여자에게 '할머니'라고 부른 것을 꼬집은 것이다. 진행자들의 나이가 마흔이 넘었으므로 60대 중반이면 어머니나 누님뻘이라는 것이다. 그렇다면 '아주머니'라 해야 옳다는 것이다.

사실 난 그 생각은 못했다. 요즘 도시에서 60대 중반이면 할머니라 부르기 어려운 것은 아는데 그 프로그램에 나온 분들은 주름이 많아 '할머니'란 표현이 거북하지 않았던 것이다. 내 나이가 그 프로그램의 연예인들보다 많으니 글쓴이가 알면 더 펄펄 뛰리라.

이름을 부르는 것이 익숙하지 않은 우리 습속 때문에 다른 사람을 부를 때 뭐라고 불러야 할지 난처한 경우가 많고 얼굴 붉히는 경우도 많은 것 같다.

결혼도 하지 않은 아가씨인데 시장 상인이 아줌마라고 불러 화났다는 이야기는 자주 듣는 것이고 '아주머니'라 불려 흥분했던 후배도 떠오른다. 아이가 있긴 하나 30대 초반이었던 후배가 길을 가고 있는데 한 남자가 길을 묻더란다. 그런데 "저기요, 아주머니……" 하면서. 후배는 "아니, 아주머니라니, 내가 그렇게 나이 들어 보인단 말야?" 하면서 씩씩댔다. 아마 그 남자로서는 존중하는 의미에서 '아줌마'보다 '아주머니'를 택했을 것 같은데 받아들인 쪽에서는 더 나이 들어 보이는 용어라고 화를 낸 것이었다.

'아줌마'라는 표현에 알게 모르게 비하적 뉘앙스가 있다고 해서 다른 표현을 시도하기도 했다. '언니'니 '이모'니 하는 말이 자주 들리더니, 요즘에는 '어머님, 아버님' 소리가 많아졌다. 30대 중반이긴 하나 미혼인 교회 후배가 수영을 배우는데, 모든 남자 회원들을 '아버님'이라 부르는 수영강사 때문에 당혹스러웠다는 얘기를 했다. 또 40대 후반이지만 미모에 동안인 친구는 해외 여행 때 가는 끈 달린 탱크톱을 준비해갔는데, 여행 가이드가 매일 '어머님, 어머님' 하는 통에 차마 꺼내 입지 못했다는 것이다.

이처럼 호칭으로 인한 에피소드들에는 나이 들어 보이고 싶지 않은 사람들의 소망이 깔려 있다. 3, 40대 여자가 '아가씨' 라고 불려 화냈다는 얘긴 들어본 적 없으니까. 그리고 스스로 나는 이만하면 젊은 편이지 하는 자의식이 있는 경우에 화가 나는 것일 게다. 자신의 기대치와 남들이 부르는 호칭이 다르다는 것에 배반감을 느낄 테니까.

젊게 보이고 싶은 마음은 누구나 비슷할 텐데, 여자에게만 나이든 것을 인식시키는 것은 '사회적 폭력' 이 될 수 있다는 것을 그 칼럼의 글쓴이는 지적한다. 너무 예민한 것 아니냐는 반응이 있을 수도 있지만 큰 힘 들이지 않고 다른 사람을 기분 좋게 하는 일이라면 할 만하지 않겠는가.

글쓴이의 권유대로, 이제까지 할머니라 불렀던 나물이나 과일 파는 60, 70, 80대에게 할머니란 말 대신 아주머니라고 불러보자. 덤이 따라오지 않더라도 흐뭇해하는 표정을 보면 우리도 기분 좋아지지 않겠는지.

어디 한 구석에서 그게 기만이지 위안이냐는 말이 들려온다. 그것도 맞고요.

무서운 이야기

나른한 봄날 오후 수업.

하늘은 뿌옇고 날씨까지 쌀쌀해 화사한 봄 햇살이 간절한 날이다. 감기로 목도 아프고 해서 쉬고 싶은 생각이 슬며시 드는데, 이심전심인가 학생들 사이에서 수업하지 말자는 의견이 조심스럽게 제기된다.

그럼 뭐할까, 슬쩍 던져보니, 이야기해 달란다. 무슨 얘기? 하니깐, 무서운 얘기 해주세요, 한다. 대학생들이 무서운 이야기를 좋아한다는 사실이 뜻밖이었지만 좀 쉬어가자는 생각으로, 하고 싶은 사람 나와 얘기해보라고 했다. 처음엔 쭈뼛거리더니 하나 둘씩 나와서 인터넷상에서 떠도는 귀신이야기에서부터 직접 들은 것이라는 정신이상자 이야기까지 이런저런 무섭다는 이야기들을 펼쳐낸다.

학생들은 뭐든지 무서워할 만반의 준비가 되어있다는 듯이 어머, 어머, 하는 추임새, 결정적일 때 꺄악 비명소리 등으로 분위기를 조성한다. 나로서는 전혀 무섭지 않은데 이야기에 몰입해서 정말 무서워하는 듯한 학생들의 표정이 어린아이들 같았다.

무섭다고 하면서도 무서운 이야기를 찾는 심리는 뭘까?

지루한 삶, 잠시라도 자극을 얻고자? 전율이 지나가고 난 뒤의 평화로움을 맛보려고? 기괴함 자체가 매혹적이니까?

기이한 것에 끌리는 인간의 속성에 대해서는 이미 프로이드가 간파한 바 있고 도망가려 하면서도 매혹 당하는 이율배반성에 대해서는 시인 서정주가 「화사花蛇」에서 잘 읊고 있다. '저리도 징그러운 몸뚱아리'지만 '꽃대님보다도 아름다운 빛'을 뿜어내기 때문에 무서워하면서도 다가간다는 것이다.

나는 무서운 이야기를 그다지 좋아하지 않았다. 겁이 많은 편이었고 현실에서도 무서운 것이 많았기 때문이다. 월남에서 돌아온 상이군인들의 절름거리는 다리나 갈고리손, 걸인들, 개나 쥐만 해도 충분히 두려웠으니깐. 그리고 또 귀신보다 무서운 공산당이 있었다.

초등학교 4학년 때였던가, 내 또래인 이승복의 죽음은 안그래도 무시무시한 공산당의 이미지를 더욱 잔인한 것으로 각인시켰다. '공산당이 싫어요'라고 말했다고 어린 소년의 입을 찢어죽였다는 이야기는 너무 섬뜩해서 오래도록 지워지지 않았다. 귀신이야기는 허구이지만 공산당은 실제 우리집에도 들이닥칠 수 있다는 현실로 느껴져 그 공포는 꽤 컸던 것으로 기억난다.

반공교육의 효과일까, 실제 전쟁을 겪어보지 않은 세대인데도 우리들 사이엔 전쟁이 다시 일어날지도 모른다는 불안이 깔려 있었던 것 같다. 미국과 소련이 핵폭탄을 갖고 있는데 누군가 실수로 버튼을 누르면 3차 대전이 일어난다는 이야기 따위를 심각한 표정으로 수군거리곤 했다.

공포심은 사람을 양순하게 하는 힘이 있다.

공산당의 침입과 전쟁을 두려워하면서 우리 세대는 소심하면서도 순종적으로 자랐다. 학교에서 배운 것들이 진짤까 하는 의심을 품기 시작하면서 조금씩 어른이 되어갔다. 대통령은 한 사람이 내내 하는 것인 줄 알게 했던 박대통령이 대학 3학년때 암살당하고 다음해 광주항쟁이 일어나고 계엄령이 선포된다.

대학생이 되어 좀 강해진 척 하던 나는 어쭙잖게 시위대열에 합류했다가 다가오는 전경들에 소스라쳐 달아나 여지없이 약삐한 모습을 드러내고, 굳게 닫힌 학교 정문 옆에 무장한 채 서 있는 군인들을 먼

발치에서 막막하게 바라보곤 했다. 우리 세대 대부분이 비슷하겠지만 이때부터 싹튼 군인에 대한 두려움은 오래 간다. 아들아이가 성장해 군대 갈 나이가 되니 수그러드는 것을 느낀다.

도시는 암울하게 가라앉고 어둠이 깔리기 전에 귀가해야 하는 조바심, 거리에서 가방 검색 당하다 재수없으면 그냥 끌려가기도 한다는 소문들 속에 쉬쉬하며 전하던 말들. 신문에 보도된 유언비어라는 얘기들이 사실은 진짜래……

조바심과 두려움과 억울함과 체념이 뒤섞인 채로 청춘을 보낸 우리 세대 눈에 무서운 영화를 골라 보고 번지점프며 다양한 스릴을 즐기는 요즘 대학생들은 다른 세계 사람처럼 느껴지기도 한다.

대학을 졸업하면서는 내 삶을 내가 책임져야 하는 사실이 제일 무서웠는데, 이제 중년의 나이에 이르니 앞으로 다가올 늙음, 병, 외로움, 죽음 등을 생각하게 된다. 그래서 요즘 무서움은 때론 불안과 허망함, 때론 외로움과 적막감의 얼굴을 하고 찾아온다.

30대 중반 무렵, 그때까지 이뤄놓은 것이 뭐가 있나 허망해서 괴로웠듯이, 죽음을 앞두고 내가 이 세상에서 무엇을 하고 가나, 뭔가 의미 있는 일을 했나 하는 질문에 아무 대답도 못할까 두렵다.

또 언젠가 몸에 이상이 있다는 진단 받고 나오던 때, 거리는 온통 월드컵 열기로 뜨거운데 나 혼자 자꾸만 몸을 웅크렸던 눈부신 6월의 한낮처럼 적막해질 것이 두렵다.

나이가 들면서 어리고 젊기 때문에 가졌던 두려움들에서 많이 자유로워졌지만 그 경로를 그대로 밟을 아이들의 미래를 생각하면 그들의 불안이 나의 것으로 옮겨온다. 삶의 갈피갈피 찾아드는 먹먹한 순간들을 잘 넘겨야 할 텐데…… 마음 속으로 간구할 뿐이다.

두려움을 안고 사는 것은 누구에게나 달가운 일이 아니겠지만, 그런 두려움이 있었기에 겸허해지고 나태해진 일상에 새로운 긴장을 느끼기도 했던 것 같다.

그렇게 보면 두려움은 때로 필요하지 않을까. 강한 자에 대한 두려움은 나를 초라하게 만들지만 삶의 비의에 대한 두려움은 필요하다. 하루하루 해야 할 일에 쫓기다 보면 어느새 밤이 되고 졸려서 잠들면

새 날이 밝고 하는 날들을 반복하는 중에 어느새 무감각해진 나의 정
신을 깨우는 종소리가 될 수 있지 않을까.

셋

봄이 오는 길목에서, 통영

겨울이 아직 물러가지 않은 2월, 통영은 이미 봄이었다.

따뜻하고 환했다.

인적 드문 통영 바닷가를 거니는데, 오토바이 한 대가 지나갔다.

헬멧부터 옷까지 모두 흰색으로 멋을 낸 남자가 타고 있었다.

환한 햇살 아래 눈부셨다.

통영과 어울리지 않는 것 같으면서 묘하게 어울렸다.

서울로 돌아오는 길은 쓸쓸했다.

길을 잘못 들어 가도가도 황량한 빈 논들이 계속 이어지고 있었다.

지나가는 사람 하나 없는 논둑길 그 끝에 어두운 산 그림자가 드리워 있다.

을씨녀스러운 겨울 자락이 아직 남아 있었다.
며칠만에 돌아온 서울이 새삼 춥고 어두워 덜컥 감기에 걸렸다.

겨울에서 봄의 사이,
통영에 가선 안 되겠다.

초여름, 도암댐 가는 길

용평 수하리에서 도암댐 쪽으로 나 있는 좁은 길, 차 한 대가 지나갈 수 있는 폭이다.

길 양쪽으로 나무들이 빽빽하다. 연한 초록에서 조금 진한 초록까지 무성한 잎들이 길 쪽으로 드리워 있다.

차창을 열고 잎들을 만져본다. 모두들 안녕?

바람에 살랑대는 싱그러운 신록의 향기.

창 앞으로 주욱 뻗어있는 길은 초록 잎들을 향해 올라가는 사다리 같다.

그 끝에 환한 햇살이 걸려 있다.

초록빛 천국으로 가는 길.

차창을 나뭇가지들이 투툭 치고 지나간다.

말러의 5번 교향곡 G장조가 차 안에 넘실대고, 창 밖엔 연초록 잎들
이 너울거리고.

나는 천천히 나뭇잎들의 바다를 유영한다.

늦가을의 밤, 유명산

적요가 내려앉은 밤.

깊고 검푸른 밤하늘,

벤치에 앉아 하늘을 본다.

차가운 대기에 하늘이 말갛게 닦인 것 같다.

별들이 깜박, 하는 소리가 들리는 것 같은 밤이다.

바람소리, 물 흐르는 소리에 섞여

어디선가 도란거리는 소리가 들린다.

저 건너 벤치에 두 사람이 포개다시피 누워 하늘을 보고 있다.

손가락으로 하늘을 가리키고 있는 것을 보아 함께 별을 보고 있나
보다.

간간이 웃음소리도 들린다.

하늘엔 별,

지상엔 사랑.

별빛이 지상에 내려와 사랑으로 피어난 밤.

훈훈하다.

겨울 산에서

산에 오를 때마다 계절이나 기후에 따라 달라지는 산의 모습에 매혹당하곤 한다.

초봄, 나뭇가지마다 파릇파릇한 싹이 돋아나고 있는 것을 볼 때, 뭔가 새로운 일을 할 수 있을 것 같은 설레임이 솟아나고, 봄이 깊어져 연분홍 수줍은 진달래가 드문드문 피어있고 연한 초록 잎들로 뒤덮인 산에서는 잔잔한 행복감이 밀려든다.

여름이 되어 초록잎새들로 무성한 나무들이 하늘을 향해 치솟아 있는 모습은 싱싱한 생명력을 느끼게 한다. 불붙는 듯한 붉은 빛과 노란 빛이 어우러진 가을 숲은 화려함의 극치를 이루어 생의 마지막 순간을 앞두고 장렬하게 빛을 발하는 듯하다. 그리고 겨울의 문턱에 들어

선 산은 발밑에서 바스락 밟히는 낙엽들로 해서 사유의 시간을 갖게
한다.

얼마 전 설악에 다녀왔다. 아직 눈이 쌓이지 않은 겨울 산의 적요함
을 맘껏 누릴 수 있었다. 오후에 도착해서 주전골에 올라가니 인적이
드물어, '고독이란 시선들의 감미로운 부재'라고 한 쿤테라의 말을 실
감하면서 오랜만에 달콤한 한적함을 즐겼다.

어둠이 조용히 내리는 적막한 숲에 잠시 서 있으니 저절로 지나온
시간들을 돌아보게 되었다. 사위가 푸르스름해지니 나무 향기는 더욱
진하게 풍겨온다. 문득 한 시구가 떠올랐다.

공기는 푸른 유리병, 그러나
어둠이 내리면 곧 투명해질 것이다,
… (중략) …
누군가 천천히 속삭인다, 여보게
우리의 생활이란 얼마나 보잘것없는 것인가
세상은 얼마나 많은 법칙들을 숨기고 있는가

이 시인처럼 나도 누군가 속삭이는 소리를 듣는다. 너의 지나온 시

간은 어땠는가, 어디만큼 와 있나, 어디로 가고 있는가……

지나온 나의 40년의 시간들, 기쁜 일도 많았지만 슬프고 힘겨운 일도 있었던 시간들을 반추해보았다. 그리고 현재 나의 모습은 어떠한지에 대해서도.

눈앞 나뭇가지에 위태롭게 매달려 있던 잎새 하나가 조용히 떨어진다. 봄에 싹이 터서 여름내 무성하게 자라고 가을이 되면 마지막 정염을 불태우듯 타오르다가 마침내 지상으로 떨어지는 나뭇잎의 일생.

하지만 이 낙하는 죽음이 아니고 휴지休止이다. 겨우내 마른 나뭇가지 속에서 또는 땅속에서, 다시 파릇한 새싹으로 돌아날 봄을 꿈꾸고 있는 소리 없는 기다림이다.

나뭇잎의 삶은 이처럼 순리대로 흐르는데 우리들의 삶은 그렇지 않기 때문에 애틋함과 후회, 미련, 한탄이나 한숨들이 피어나는 것이리라. 예기치 않은 이별이나 만남들, 강렬하게 열망하지만 포기할 수밖에 없는 일, 나에게 일어나리라고 생각해보지 못한 일들이 일어나기도 하는 게 우리의 삶이 아닐까. 우리의 삶에는 정답이 없고 여러 가지가 복합적으로 뒤섞여있다는 사실을 받아들이게 될 때 사람들은 철이 드는 것인지도 모른다.

나이가 들면서 삶이란 이런 것이다라고 섣불리 단정 지을 수 없다는 생각이 강해진다. 겉으로 평탄해 보이는 삶인데 내부에서는 균열이 생기고 있다든지, 힘들게 살아가는 듯해 보여도 나름대로의 기쁨이 있다든지, 늘 어렵기만 한 것도, 또 늘 즐겁기만 한 것도 아니라는 것을 비로소 실감하게 되는 것 같다.

산길을 따라가다 보니 두 갈래로 갈라진 곳에 이르렀다. 어느 쪽으로 갈까 잠시 망설인다. 잦은 발길로 만질만질해진 길로 갈까, 아니면 좁고 경사가 져 있는 길을 택할까 생각하다가 좁은 쪽을 택해본다. 이 길이 맞지 않으면 되돌아오면 되겠지, 생각하면서.

우리 삶도 가다가 되돌아올 수 있는 것이라면 좋으련만. 잘못되었다 싶으면 지우고 다시 시작할 수 있다면, 비극이라는 말은 아예 생기지 않았을 것이다. 삶의 일회성은 선택의 기로에 설 때마다 여러 번 생각하게 하고 책임감과 성실할 것을 요구하고 있다.

한 길을 택해 가면서 다른 쪽 길은 어떨까 하는 궁금증이 일어나곤 하는 나에게 문학의 세계는 내가 가보지 못한 길을 대신 보여주는 셈이다. 수필 속에 토로되는 진솔한 삶, 소설 작품 속의 다양한 인물들과 여러 가지 삶의 모습들, 때로는 격정적이며 때로는 슬프고 아름답기도 하지만 추악하기도 한, 현실에서 내가 경험해 볼 수 없는 삶을 다양하게 펼쳐 주고 그 결과가 어떠한지 보여줌으로써 상상 속에서 여러 길을 가 볼 수 있게 하기 때문이다.

택한 길이 옳은 것인지 자신에게 최상의 것인지 확신할 수 있는 자는 행복한 자일 것이나, 나는 어쩐지 회한과 후회, 자책을 하며 살아가는 쪽에 마음이 끌린다. 그게 내 모습에 더 가까워서일 것이다.

열심히 사느라고 한 것 같지만 뒤돌아보면 늘 미흡하고 미진한 것 투성이다. 이런 반성이라도 하고 있으니 괜찮은 거 아니냐고 혼자 위로하면서 미지의 삶 앞에서 겸손하게 옷깃을 여며본다.

비좁은 산길을 얼마간 오르다보니 앞에 편편한 길이 다시 나타났다.

아주 오랫동안

눈이 내리고 있었다.

100년만의 폭설로 서울에서도 실컷 눈구경을 했지만 또 다른 설경을 보러 간다.

공항에는 서로 다른 목적으로 비행기를 기다리는 사람들로 북적거렸다.

한 시간 반 정도 날아서 도야마에 닿았다.

거기에도 눈이 내리고 있었다.

다시 버스로 한 시간 반을 달렸다.

오쿠히다 가는 길, 온통 흰 눈 천지에 첩첩산중이다.

높은 산봉우리와 언덕을 채운 눈들은 어느 겨울부터 쌓여있었을까.

오쿠히다. 3,000m 이상의 산들로 둘러싸인 일본 알프스의 서쪽 기슭. 히다 산맥에서도 구석(오쿠)이라서 오쿠히다로 불리는 이 곳은 11월부터 눈이 온다는 오지이다. 이 곳에 사람들이 살기나 하는 걸까, 살고 있다면 무슨 일을 하며 살아갈까 의문이 들 정도로 눈과 산 뿐이다.

호타카 료칸에 여장을 풀고 밖으로 나오니 그 눈의 두께를 제대로 가늠할 수 있었다.

사람 키를 훨씬 넘게 한쪽으로 치워진 눈의 벽을 따라 잠시 걸으니 신호타카 로프웨이 타는 곳이다.

신호타카 로프웨이는 가장 손쉽게 고산준령을 만끽할 수 있는 수단이다. 1117m 신호타카역에서 2156m 니시호타카역 전망대까지 곤돌라를 타고 올라가는 11분 동안 하얀 눈으로만 이루어진 세상을 본다.

눈꽃 송이가 나무들마다 가지를 부러트릴 듯 소담스럽게 피어있다.

현실세계가 아닌 듯한 느낌은 함께 곤돌라를 탄 중국여행객들의 큰 목청으로 깨진다.

눈은 가늘게, 하지만 그칠 줄을 모르고 내리고 있었다.

이튿날 다카야마에도 눈송이는 내리고 있었다.

오랜 고도는 천년 전부터 강설에 익숙하다는 듯이 수굿하게 서 있었다.

좁지만 정갈한 길을 따라 늘어서 있는 가게들, 사람들이 많지 않아 타임머신을 타고 옛 에도시대에 와있는 것 같은 느낌마저 들었다.

시라가와고행 버스표를 끊었다. 우리는 다시 눈뿐인 산길을 굽이굽이 돌아 시라가와고로 향했다.

거기에는 옛 일본사람들이 살던 풍경이 고스란히 남아있었다.

짚으로 지붕을 얽은 집하며 눈 녹은 물이 흐르도록 만든 수로와 물레방아.

여기서도 백년 전, 그 물레방아 옆에서 밀어를 속삭이던 연인들이 있었겠지. 농사를 짓고 철따라 지붕을 손보면서, 겨울이면 화로 주변에 모여 몸을 녹이기도 하며.

하지만 지금은 말과 행색이 다른 관광객들이 그 주변의 눈을 밟아 녹일 뿐이었다.

오쿠히다의 또 다른 유명한 것은 노천온천이다. 일본에서 가장 많은 노천온천이 이 곳에 있다고 한다.

히라유온천의 정류장 앞마당에는 겨우내 쌓인 눈으로 만들어진 산이 있었다.

굳은 눈으로 뭉친 그 산은 관광객을 위해서 사람이 만든 것인지, 아니면 모아둔 눈 위에 또 눈이 내려서 올려진 것인지 높이가 20m는 족히 되어 보였다.

노천탕 위에도 여전히 눈이 내리고 있었다.

사람들이 별로 없어 자못 숲 속의 선녀인 양 느긋하게 탕 속에 몸을 담근다. 코 끝이 시리게 차가운 대기는 따뜻한 온천물 덕에 곧 잊을 수 있었다.

눈송이는 내려서 물 위에 닿는 즉시 녹아서 사라진다.

아주 오랫동안 되풀이 되는 그 장면을 바라보면서 나는 생각했다.

차가운 눈은 뜨거운 온천물에 녹아 하나가 된다.

온천물은 눈을 만나서 열기를 식히고 눈은 물을 만나서 녹아들어 서로 하나가 되어간다.

사람들은 그 사이에서 이 아름다움을 향수하고 몸을 덥히며 머리를 식힌다.

눈과 온천물이 녹아있는 뜨끈한 탕 안에서 우리는 서로를 바라본다.

우리가 그 눈과 물처럼 만나지 않았는가.

눈이 물과 만나면서 녹지만 사라지는 것이 아니라 뜨거운 물과 융합된 새로운 것이 되는 것처럼 이질적인 두 존재가 만나 새로운 존재로 나아갈 수 있지 않을까.

서로의 체온을 합한 온도, 서로의 삶을 합한 지점이 우리가 찾아가야 할 어딘가가 아닐까.

　아주 오랜 시간을 서로 다른 곳에서 기다린 끝에 우리가 만나 이렇게 하나가 되었으니, 저 눈송이처럼 잠시 머물다 갈 정도로 짧은 삶일지 몰라도 우리가 그 안에서 함께 할 수 있는 동안에는 꼭 영원인 듯이 아주 오랫동안 함께 할 것이다.

깃발

봄이 오는가 했더니 지는 꽃과 더불어 너무 빨리 지나갔다.

5월로 접어드니 완연히 여름을 느낄 수 있다. 온누리 가득 초록빛으로 설레는 계절이다. 바람이 시원하고 하늘이 맑게 갠 어느 날, 짬을 좀 내어 도심을 빠져 나와 본다.

고층 아파트 촌이 되어버린 신도시를 지나 비교적 한가로운 시골길을 달리며 초여름 바람을 즐기고 있는데 문득 깃발 하나가 눈에 띈다. 무슨 공공건물인가 허름한 건물 옆에 서 있는 별 특징 없는 깃발이었다. 차창 밖으로 휙 스치고 지나가 어떤 색이었는지, 무늬나 글씨가 있었는지, 기억나지도 않는다.

그런데 그 길을 따라 찻집에 가 차 한 잔 마시고 돌아오는 내내 그

깃발의 잔영이 머릿속에서 떠나지 않았다. 쓸쓸하게 나부끼는 모습이 기운이 쑥 빠진 채 고개를 떨구고 있는 아이 같기도 하고, 들어주는 사람도 없이 홀로 연단 위에 서 있는 연사 같기도 했다.

그러다가 난데없이 요즘 문학에 대한 상념이 떠올랐다.

깃발은 그 속에 함축된 뜻을 담고 있기에 의미가 있다. 그렇지 않다면 단지 작은 헝겊 조각에 지나지 않는다. 사람들이 깃발을 향해 경의를 표하는 것은 그것이 표상하고 있는 상징을 읽기 때문일 것이다.

유치환 선생이 노래했듯이 공중에 매달려 '맑고 고운 이념'이나 '슬프고도 애달픈 미음'을 드러내고 있는 '소리 없는 아우성'인 것이다.

그런데 그 길가에서 본 깃발은 추레하게 힘이 없어 보이는 것이 자꾸 초라해지는 문학의 위상을 연상하게 하는 것이었다.

최근 우리 사회를 보면 정보화다 기능 우선주의다 해서 효율성이 중요한 덕목으로 부상하고 있음을 실감하곤 한다. 상대적으로 문학과 같이 실용적 가치가 적은 것은 위축되게 마련이다.

이런 분위기 속에서 문학의 순수함을 주장하거나 문학 속의 인생을 논하고 진실이나 감동을 토로하는 것은 시대에 뒤떨어지는 것처럼 여겨지면서 차츰 찾아보기 어려운 풍경이 되고 있다.

재미있고 자극적인 작품들이 잘 팔리고 잘 팔리는 것이 좋은 글이라는 생각이 지배적인 가운데, 삶의 문제를 진지하게 다루기보다는 말초적 감각을 자극하는 작품들이 쏟아져 나오는 것을 본다.

문학의 대중화란 점에서 긍정적 측면이 없는 것은 아니겠지만, 질이 낮아지거나 상업화에 휘말려 때가 타는 것 같다는 안타까움을 지울 수 없다.

그 날, 깃발의 힘없는 움직임이 내내 머릿속에 남아 있었던 것은 기능위주의 사고나 상업주의에 밀려 자꾸 좁아지고 있는 문학의 자리를 되돌아보게 되어서였나 보다.

우러러보는 자가 드물고, 돈이 되는 것도 아니어서 화려하지도 않고 빛이 바랜, 그렇지만 그래도 여전히 공중에 매달려 나부끼고 있는 깃발.

눈물겹다.

사진

하나

시간이 나는 날, 오랜만에 서랍 정리를 했다. 몇 년 묵은 영수증과 편지들 사이에서 미처 앨범에 끼우지 못한 사진들 뭉치가 삐죽이 고개를 내민다. 하던 일을 잠시 밀쳐두고 사진들을 하나하나 들여다보노라니까 옛 기억이 하나씩 둘씩 되살아났다. 그 옛 시간들에 빠져들고 싶은 마음에 아예 앨범까지 찾아들고 들춰보기 시작했다.

그 중에서 오래 눈길이 머무는 것은 아이들 어릴 때 사진들이다. 아직 여물지 않은 어린아이 특유의 맑고 밝은 웃음, 막 돋아난 풀잎같이 여리면서도 싱그러운 모습이 아무리 들여다보고 있어도 싫증이 나지 않는다.

특히 햇살이 환하게 들어오는 거실 바닥에 두 아이가 나란히 앉아 웃고 있는 사진에서 눈을 떼기 어렵다. 사진 뒤 기록을 보니 딸애가 일곱 살, 아들애가 네 살 때이다. 제각기 좋아하는 인형을 가슴에 안고 함빡 웃고 있는 아이들의 발바닥이 정면을 향해 놓여있다. 아직 세상의 때가 묻지 않은 하얀 발바닥. 이젠 다시 돌아가기 어려운 순수했던 시절의 상징처럼 보여 나도 모르게 눈물이 어린다.

작은 것으로도 만족하고 결핍감과는 거리가 멀 때, 갈등이란 기껏 남매 사이의 실랑이 정도이고 속임수나 배반에 대해 아직 잘 모를 때, 낙오의 슬픔이나 열패감이 무엇인지 알지 못할 때, 그 때는 사라지고 어느 새 중고생이 된 아이들은 학교다 학원이다 하여 힘겨워 한다. 여린 발바닥엔 조금씩 굳은살이 박히고, 어릴 때와 같은 활짝 웃음은 자주 보기 어려워졌다.

또 다른 사진에서는 아버지가 젊고 건강한 모습으로 웃으시며 손주들과 함께 물장구를 치고 계신다. 지금도 나이를 짐작할 수 없게 젊다는 말을 많이 듣는 어머니의 환갑 때 사진은 새색시처럼 고우시다. 그리고 이젠 나이와 함께 군살이 붙었지만 호리호리한 몸매와 갸름한 얼굴로 웃고 있는 친구들과 나의 학창 시절 사진도 있다.

우리 주변에 둘러 서 있는 나무들처럼 싱그러웠던 시절, 우리의 눈빛은 세상에 대한 호기심으로 가득하고 꿈에 잠겨 있다. 그 때 꿈꾸고 기대하던 일들이 지금 얼마나 이루어졌을까. 우리 앞에 아무 제재 없이 펼쳐질 것 같았던 삶이 사실은 그렇지 않다는 것을 깨달아가면서 오늘에 이르렀다.

그래서 사진 속 하얀 발바닥과 싱그러운 미소는 볼수록 애틋하다. 그것은 순수하고 오염되지 않았던 순간으로 남아 이렇게 한참 시간이 흐른 뒤에도 그 날의 환한 빛살을 되살려주고 있다.

내 곁을 흘러가는 무수한 시간들 속에서 어느 한 순간이 포착되어 지금 다시 내 눈 앞에 펼쳐지고 있는 것이 신비롭다. 그냥 흘러갔다면 우리 뇌리에서 하얗게 지워졌을 시간이 한 장의 사진으로 남아 우리 곁에 영원히 존재하고 있으니 신비하다고 할밖에.

둘

우리의 기억력이란 한계가 있어서 사진으로 남아 있지 않은 순간들은 잊혀지기 쉽다. 하지만 어떤 순간은 사진 속에 포획되지 않았기 때문에 확장되고 때로는 더 아름답게 채색되기도 한다.

두 해 전 겨울, 문우들과 설악에 갔을 때 일이다. 속초 버스 터미널에 도착하니 아주 가는 눈이 내리기 시작했다. 그렇게 시작한 눈발이 점차 굵어지더니 얼마 안 있어 주위의 풍경을 새하얗게 바꿔 놓았다. 저 앞에 보이는 산등성이며 길가의 나무며 자동차 위, 모든 것이 하얀 눈뿐인 설국으로 변했다.

눈이 쌓이자 제일 먼저 마비되는 것은 도로 사정이어서 머리에 눈을 잔뜩 인 자동차들이 엉금엉금 기어가고 있었다. 서울에서 길이 막혔으면 짜증을 냈겠지만, 그곳에서는 자연 앞에서 기계 문명이 얼마나 보잘 것 없는가가 먼저 느껴졌다. 눈 속에서 인간들이 만든 자동차나 문명은 작고 무력해 보였다. 오직 나무나 산, 하늘, 자연만이 의연했다.

하염없이 내리는 눈송이 아래 고요히 가라앉은 낙산사 경내, 저녁을 먹는 횟집 너머 펼쳐진 밤바다의 거센 파도, 검은 밤하늘을 하얗게 칠하며 쏟아지는 눈송이들, 밤새 눈 치우는 차의 삐삐거리는 소리를 아스라이 들으며 뒤척이던 잠자리, 그리고 아침이 되어 잠이 모자라 잘 떠지지 않는 내 눈앞에 아낌없이 펼쳐져 있는 것은 온통 하얀 은세계였다.

태초의 세상에 발을 내딛는 최초의 인간처럼 오직 흰 빛뿐인 세상에 가만히 발을 내밀고 조심조심 발자국을 찍으며 눈길을 걸어봤다. 그리고 권금성 케이블카를 타고 올라가며 눈 덮인 설악의 자태를 눈이 시리도록 바라보았다. 우리의 발자국과 목소리가 설경에 흠집을 내는 것 같아 조심하면서.

인적은 드물고 넘쳐나는 것은 하얀 눈뿐인 세상. 온 세상이 숨을 죽인 채 하얗게 엎드려 있는 것 같았다. 설경도 오랜만이었지만 사람이 별로 없었기에 더욱 황홀했던 것 같다. 마침 사진기를 가져 온 일행이 있었기에 우리는 그 풍경들을 열심히 사진기에 담았다.

그런데 뭐가 잘못되었는지 그 사진들은 한 장도 나오지 않았다. 그 때는 무척 아쉬웠지만 시간이 흐르니 사진 없이 기억에 남겨두는 것도 그리 나쁘지 않다는 생각이 든다. 오히려 사진으로 남아있지 않으므로 그 날의 풍경들은 내 머리 속에서 이리저리 흐르다가 아름다운 것만 재생되곤 한다.

정확히 기억나지 않는 것들은 자연스럽게 희미해지고, 기억하기 싫은 것들을 슬쩍 지워버리면 기억하고 싶은 것들만 결정체처럼 남는다. 나의 의도적 편집에 의해 순수 자체로 채색된 그 시간은, 사는 게 구질구질하다는 느낌이 들거나 회색 도시에 숨 막힐 때, 한숨 돌리게 하는 청량제 역할을 하고 있다.

사노라면

지난 봄, 학교 입사동기 교수들과 강촌에 다녀왔다. 청량리역 시계탑 앞에서 만나본 것이 어언 몇 년 만인지, 또 기차 안에서 삶은 계란 먹어본 것은 또 몇 년 만인지…… 기차를 탔으니 삶은 달걀을 먹어야 한다는 총무교수님의 말씀에 모두 계란을 까서 입에 넣으며 옛 추억에 젖었다.

맑은 햇살 아래 강물은 반짝이며 흘러가고 검봉산 곳곳에 수줍게 피어난 진달래며 철쭉꽃은 늦봄의 정취를 한껏 살리고 있었다. 향긋한 더덕구이에 매운탕을 안주로 술 한 잔을 하고 부른 배를 두드리며 청량리 역에 돌아왔는데, 아쉬움이 남아 머뭇거리고들 있었다. 막내 교수님이 노래방가기를 제안하자 모두들 좋다고 한다. 노래방은 좀 퀴퀴

했지만 아무도 불평하지 않았다.

누군가 노래를 시작하면 어느새 합창이 되어 버린다. 같이 노래방 갈 때마다 들었던 터라 익숙한 노래들이었음에도, 추억을 되살리며 마음이 말랑해진 끝이어서인가, 건반 누르면 피아노 속 현을 건드리듯이 마음 속 어딘가를 자꾸 건드린다.

사노라면 언젠가는 밝은 날도 보겠지
흐린날도 날이 새면 해가 뜨지 않더냐
새파랗게 젊다는 게 한 밑천인데
째째하게 굴지 말고 가슴을 쫙 펴라

느리고 유장한 가락, 연극반 시절 불렀다면서 감회에 젖어 열창하는 Y교수 주변에 함께들 서서 "비가 새는 작은 방에 새우잠을 잔데도 고운님 함께라면 즐거웁지 않더냐. 내일은 해가 뜬다. 내일은 해가 뜬다." 목청 높여 부르는데, 순간 눈시울이 뜨끈해지고 울컥 하는 느낌은 나만의 것이었을까?

이 느낌의 정체는 무엇일까? 젊은 시절, 시대 탓에 싱그러워야 할 청춘이 무력감과 분노, 좌절로 우울했던 때, 그래도 순수와 열정을 간직

했던 그 시간에 대한 그리움일까, 이제 다시 돌아갈 수 없음에 대한 비감일까, 이 복잡한 세상에 지나치게 단순한 낙관론이 눈물겨워서일까, 딱히 집어내기 어려운 감상들이 뒤섞여 노래가 끝나도 여운처럼 남아 있었다.

비가 새는 작은 방이라도 님과 함께라면 즐거울 수 있는 사람은 요즘 얼마나 될까.

한 수필집에서 가난한 대학생 커플에 대한 이야기를 읽었다. 둘 다 가난하여 영화도 자주 보지 못하고 남들이 롯데월드에 갈 때 근처 산에 가고 남들이 멋진 식당에 갈 때 분식집에 간다는 것이다. 가난이 싫어서 그와 헤어질까 하는 생각도 한다는 여학생의 일기 끝에 글쓴이는 "사랑하는 사람과 있으면 무엇을 하든, 어디를 가든 언제나 행복할 수 있을 거야. 오직 돈 때문에 지금 남자친구와 헤어지면 먼 훗날 후회하게 될 거야. 돈이 사람을 행복하게 하는 것은 아니니까."고 써준다. 하지만 얼마 후에 그 글을 다시 읽고는 그 학생의 딜레마에 대해 심각한 고민 없이 교과서적인 답만 썼을 뿐이라고 반성하고 다시 쓴다.

나라면 뭐라고 답했을까?

돈만이 사람을 행복하게 한다고 생각하지 않지만, 나 역시 가난이 싫은데, 사랑만 있으면 행복하다고 말하기는 어려울 것 같다. 최근 가요 중에 귀에 들어오는 가사가 있다. 사랑과 이별에 대한 노래인데, "삼백만원짜리 중고차로 함께 어디든 다녔지 남부럽지 않게" "다시 태어나도 만나고픈 사람"일 정도로 사랑했지만, "하지만 세월 앞에서는 역시 서로의 욕심을 이기지 못해" 이별을 생각한다는 내용이다.

구체적이고 실리적인 요즘 젊은이 생각을 잘 드러낸 듯 하다. '삼백만원짜리 중고차'가 가난의 상징이 되고 있는데, 영화조차 자주 보지 못하는 커플은 얼마나 애가 탈까. 하물며 '비가 새는 작은 방'은 말할 것도 없으리라.

가난이 이제 문화적으로도 구별되는 현 시대에서, 젊다는 게 한 밑천이라고 외치기에는 수많은 걸림돌이 있어 보인다. 젊다는 것은 싸구려 옷을 걸쳐도 눈부시고 화장을 하지 않아도 생기 있으며 어떤 일이든 용감하게 시도해볼 수 있는 나이인 것이 맞지만, 드림카를 몰고 명품가방을 지니고 비싼 레스토랑에서 음식을 먹으며 유행에 맞는 옷을 '엣지있게' 입어야 멋지다고 생각하는 젊은이들이 많은 것도 사실이기 때문이다.

그럼에도 젊음이 밑천이라고 배짱 튕기는 이들이 있다면 나는 그들 편에 서고 싶다.

한편으론 이 바보야 하면서도 애정 어린 마음으로 그들을 꼭 안아주고 싶다.

릴케의 말을 빌려 "어려움을 사랑하고 그것과 친해지고 배워야 합니다. 어려움 속에는 우리를 위해 기꺼이 애써주는 힘이 있습니다."라고 말해줄 것이다.

타인의 시선에 흔들리지 말고 자신을 정직하게 바라보라고, 그리고 주위에 이런 사람들이 있다면 따뜻하게 응원해주는 거 잊지 말자고. 사노라면 흐린 날도 있고 밝은 날도 있다는 사실을 인정하고 겸허하게 살아가자고 말하고 싶다.

별들의 소리

용평리조트 방향으로 10여분 가다 보면 도암댐 표지가 나온다. 왼편 길로 접어들면 인적 없이 나무들만 늘어서 있는 호젓한 산길이다. 초저녁인데도 벌써 적막한 어둠이 내려 앉아있다. 오가는 차량도 없어 우리 차 헤드라이트에 비춰진 곳만 어슴푸레 보일 뿐, 주변은 아주 캄캄하다.

도시에서라면 환한 불빛 아래 저녁을 먹거나 텔레비전을 보거나 하고 있을 텐데, 서울에서 200여km 떨어진 이 곳은 아득한 시간을 거슬러 올라와 멀고 외딴 공간에서 유영하고 있는 듯한 느낌을 준다.

시계를 다시 본다. 저녁 7시를 막 넘겼을 뿐이다.

'동생네 산장까지 이렇게 오래 걸렸던가.' 계속 이어지는 어두운 산길이 살짝 불안해지기 시작할 무렵, "원래 이렇게 한참 갔니?" 뒷자석의 어머니 목소리가 이상하게 갈라져 들린다. 드디어 희미한 빛이 보인다. 산장 들어가는 길목에 서있는 수하산 문화학교이다.

왈칵 반갑다.

밤에 도착한 적이 없어 이렇게 어두울 줄 몰랐다. 휴대폰 전등을 비춰 더듬더듬 비밀번호를 누르고 현관문을 연다. 그런데 이게 웬일? 전기가 들어오지 않는다. 방마다 다니면서 온갖 스위치를 올려보았으나 마찬가지였다.

집에 도착했다는 안도감은 곧 불안감으로 바뀌었다. 관리해주는 아저씨가 와서 여기저기 손 봐도 변화가 없다. 결국 한전에 연락하고는 기다리는 수밖에 없었다.

난방이 안 되니 실내에 있어도 추워지기 시작했다. 이불장에서 담요를 꺼내 두르고들 앉아 있었으나 한기가 가시진 않았다. 자동차 히터로라도 몸을 좀 녹일까 하고 뜰로 나왔다. 어느 정도 어둠에 익숙해진 눈에 자작나무 몸통이 희부옇게 들어온다. 싸늘하지만 숲의 향이 섞인 공기가 서느러니 폐부에 닿는다.

깊이 숨을 들이마시며 무심코 하늘을 올려다보았는데, 아, 얼마 만에 보는 별들인가.

밤하늘 가득, 별들이 반짝이고 있었다. 검은 색 천 사이사이 박힌 보석들처럼 빛나고 있는 별들. 반짝반짝 하는 모양이 마치 경쾌한 율동을 하는 것 같았는데, 그것은 다시, '괜찮아, 괜찮아' 친근하게 속삭이는 소리들로 바뀌어 들렸다. 겨울의 찬 대기를 찰랑, 흔드는 청량한 은방울소리들.

「무진기행」의 주인공이었던가, 밤하늘을 올려다보면서 분해서 못 견디어 하던 인물이. 별을 보고 있으면 자신의 어느 별과 또 다른 별들 사이의 안타까운 거리가 뚜렷이 보이는 것에 어쩔 줄 몰라 하던, 그 별들 사이의 도달할 길 없는 거리를 보며 괴로워하던 청춘의 초상.

나에게도 그런 때가 있었으나, 이제 세월이 흐르니 많은 것에 여유로워진다. 나와 다른 것, 기대치에 못 미치는 것, 예상과 다른 결과들에 대해 '그럴 수도 있지.' 하며 웃어넘기는 횟수가 늘어나고 있다.

나와 너 사이, 나와 별, 별들 사이의 거리란 어쩌면 당연한 것이 아니겠는가. 그 거리를 인정하면 편안해지는 것을, 젊은 날엔 그 거리가 왜 그리도 멀어 보였는지, 멀다는 사실이 왜 그리 막막했는지…… 그 시절 모습이 오래된 사진처럼 정겹게 떠오른다.

또 몇 년 전 케냐 마사이마라에서 올려다보던 밤하늘도 생각났다.

대자연 속이어서인지 어른 주먹만한 별들이 손을 뻗으면 닿을 것처

럼 가까이에서 반짝이던 밤하늘. 아름답다는 탄성이 절로 나오던 장관이었다.

묵고 있던 숙소가 현대식 건물이 아니라 넓은 땅 드문드문 지어진 천막과 돌집이었는데, 저녁이면 전기도 끊어지고 더운 물도 끊겼다. 방에 전화도 없어 직원을 부르려면 천막집 여럿을 지나 꽤 떨어진 호텔 사무실까지 걸어가야 했다.

걷는 것도 어둠도 익숙하지 않아 불편해하던 우리 일행은 별무리를 보는 순간 모든 투덜거림이 잦아드는 것을 느낄 수 있었다. 지상에는 모닥불이 주변을 밝히고 하늘에는 큼직한 별들이 빛을 뿜어내고 있는 밤. 먼 옛날 우리의 선조들이 별을 보며 느꼈을 황홀함을 알 것 같았다.

별들이 태양계에서 어떤 위치에 있고 몇만 광년 떨어져 있고 하는 사실은 몰라도 상관없었다. 단지 밤하늘을 화폭 삼아 펼쳐지는 별들의 그림에 매혹되고 별들의 운행에서 아름다운 음악소리를 들으며 카시오페이아 왕비며 오리온 장군이며 켄타우로스들의 이야기를 상상하면 될 뿐이었다. 문명과 과학의 발달이 인류에게 편리함을 안겨 주었지만 무한한 상상력을 앗아간 것은 확실했다.

이런저런 상념은 한전 직원이 도착하면서 사라졌다. 집 밖 전봇대에 매여 있는 변압기 퓨즈를 이어주니 전기가 들어왔다.

우리는 환해진 집안으로 들어왔고, 별이 수놓아진 밤하늘은 멀어졌다. 밤하늘 대신 텔레비전 화면이 반짝이며 우리를 유혹한다.

도시로 돌아와 바쁜 일상을 다시 시작한 나는 밤하늘 보는 것을 잊었다. 우리 머리 위로 축복처럼 쏟아지던 별들의 노래도 이젠, 들리지 않는다.

우리 생애의 꽃

메밀꽃은 이효석의 소설 「메밀꽃 필 무렵」에서 가장 아름답게 표현되고 있다. 이 작품을 읽고 나면 실제 메밀꽃을 보지 못했다 하더라도 달밤에 하얗게 빛나는 메밀꽃밭이 눈에 선하며, 봉평이나 대화에 가보지 못했다 하더라도 외진 산길을 나귀와 함께 뚜벅뚜벅 걷고 있는 장돌뱅이들의 모습과 시골장날의 장면이 선연하게 떠오른다. 그만큼 이 작품에서 배경으로 묘사된 메밀꽃밭의 풍경은 빼어나다고 할 수 있다.

그러나 이 소설이 1930년대 일제하에 발표되었고 소설의 존재 근거가 현실을 직시하고 반영하는 것임을 상기한다면, 자연이나 성性과 같은 소재, 시적 분위기 등은 당시 상황과 장돌뱅이들의 실제 삶과는 유리되어 있다고 할 수 있다. 곧 '숨이 막힐 지경'으로 아름다운 달밤의 메밀꽃의 정경이나 '거꾸러질 때까지 이 길을 걷고 저 달을 볼테야'라는 허생원의 로맨틱한 다짐은 장돌뱅이의 고단한 삶이 아니라 작가의 감각과 더욱 밀착되어 있으며, 성서방네 처녀와의 기이한 인연 역시 현실적 가능성과는 거리가 멀다.

그럼에도 불구하고 이 작품은 지리멸렬한 우리의 삶에서 한번쯤 꿈꿔 봤음직한 환상을 다룸으로써 비현실적이라는 것을 알면서도 독자들을 끌어당기는 힘을 발휘하고 있다. 왼손잡이요, 얽둑배기로 '계집과는 연분이 먼' 허생원의 '쓸쓸하고 뒤틀린 반생'에도 눈부신 순간이 존재한다는 것이니 어찌 끌리지 않겠는가.

허생원의 삶에서 절정의 순간은 젊은 날 우연히 이루어진 성서방네 처녀와의 하룻밤이다.

무더운 여름밤, 더워서 개울가에 목욕하러 나온 허생원은 달이 너무 밝은 까닭에 옷을 벗으러 물방앗간으로 들어갔고 그곳에서 울고 있는 성서방네 처녀와 마주치게 된다. 우연히 일어났기 때문에 논리적으로 설명할 길 없는 이 '기막힌 밤'은 그 뒤로 두고두고 허생원에게 '산 보람'을 느끼게 하면서 잊을 수 없는 순간으로 각인된다. 그래서 이 시간은 과거의 일이지만 허생원의 이야기를 통해서 끊임없이 재생되고 있으며, 이로써 그 순간은 현재처럼 늘 그의 곁에서 존재하고 있는 것이다.

이 비현실적인 일을 가능하게 하는 것은 밤과 달빛이다. 밤은 긴장의 연속인 낮과 달리 휴식의 시간이다. 각박한 현실의 시간인 낮과 달리 밤은 평화와 화해의 시간이다. 낮이 이성이 지배하는 시간이라면 밤은 본능이 강해지는 시간이다. 낮 동안 재투성이 소녀에 불과한 신데렐라가 밤에는 아름다운 공주로 변모하는 것처럼, 밤은 낮에 할 수 없었던 것을 가능하게 하는 마법을 부린다. 곧 보잘 것 없는 허생원이 아름다운 처녀와 연분을 맺는 환상적 사건은 달밤이기에 가능했다고 할 수 있다.

「메밀꽃 필 무렵」에서 낮과 밤은 현실의 시간과 환상의 시간으로 대립되어 나타난다. '벌려놓은 전 휘장 밑으로 등줄기를 훅훅 볶는' 더위와 시끌시끌한 시장판으로 그려지는 낮 시간은 사고팔기의 행위와 싸움, 각다귀들의 장난과 조롱 등, 살아가면서 부딪치는 갈등과 대립들로 점철되어 있다.

이에 반해서 밤은 고요한 벌판과 산길로 묘사되고 있으며, '보름을 갓 지난 달은 부드러운 빛을 흐뭇이 흘리고' 있고 '짐승 같은 달의 숨소리가 손에 잡힐 듯이 들리며' '콩포기와 옥수수 잎새가 한층 달에

푸르게 젖어' 있는 아름다운 장면으로 그려지고 있다.

이러한 밤의 공간에서는 싸움이나 갈등이 일어날 수 없다. 평상시 불가능한 일들이 일어나기도 하고 화해가 이루어지며 정분이 나기도 하는 시간인 것이다. 봉평에서 제일가는 일색인 성서방 처녀와 얽둑배기인 허생원의 연분이 맺어지고 충줏집을 사이에 두고 갈등을 겪던 동이와의 관계가 업고 업히는 정겨운 사이로 변화하기도 한다. 즉 '메밀꽃 필 무렵'이란 작품의 제목은 바로 이 꿈의 시간을 의미하는 것이다.

실제로 봉평을 여행하면서 이효석의 생가와 근처 메밀꽃밭을 구경한 적이 있다. 조잡하게 만들어놓은 물방앗간과 왜 세워 놓았는지 모르겠는 여체 조각상, 특별할 것 없는 생가를 보면서 우리나라의 문화 정책에 대해 다시 실망했지만 무엇보다도 메밀꽃밭의 정경이 상상했던 것에 미치지 않는 것이 많이 실망스러웠다.

그러나 곧 해답을 찾았는데 그것은 바로 달빛의 마력이 빠져 있기 때문이라는 점이다. 밤이 되어 달빛을 받으면 '피기 시작한 꽃이 소금을 뿌린 듯 흐뭇한 달빛에 숨이 막힐 지경'이 되면서 주변을 꿈의 세계로 만들어버리지만, 낮에는 그저 하얗게 무리지어 피어있는 소박한 꽃일 뿐인 것이다.

하고 싶은 일과 해야 하는 일 사이에 놓여 있는 거리에 괴로워하면서 먹고 살기 위해서 돈을 벌어야 하고 그 때문에 일어나는 갈등과 대립을 감수해야 하는 우리 삶에서 환상은 매혹적일 수밖에 없다.

어느 작가가 일탈을 지리멸렬한 삶에서 오롯이 피어나는 꽃으로 표현한 바 있지만 환상 역시 그러한 기능을 갖는다. 환상에서 깨어날 때 맛보게 되는 환멸감이 문제이긴 해도 현실에서 불가능한 일을 꿈속에서 상상해보는 것은 삶을 견디게 하는 힘이 될 수 있다. 그렇고 그런 삶의 풍경 사이에 드문드문 피어 있어 우리 눈을 즐겁게 해주는 꽃처럼.

「메밀꽃 필 무렵」은 바로 그러한 꿈에 대한 이야기이다. 현실에서 보잘 것 없는 허생원이 잠시 멋진 왕자처럼 변한 일을 그리고 있으며 그 변모는 메밀꽃과 달밤이 어우러져 만들어낸 것임을 보여준다. 그리고 그 짧은 순간이 '쓸쓸하고 뒤틀린' 삶을 견디게 하며 활력을 주고 있음을 보여준다. 그래서 독자로 하여금 "나에게는 살면서 되새길 만한 꿈의 순간이 있었나" 질문하게 한다.

동이는 아들이었고 옛처녀와도 재회하게 된다는 암시로 소설은 끝을 맺는다. 해피엔딩이라는 점에서 독자들을 흐뭇하게 할지는 모르지만 비현실적이라는 비판이 가능하다. 즉 환상은 우리 삶을 견디게 하는 꽃으로서 필요한 것이지 그것이 전체가 되어서는 곤란하다는 점을 환기시킨다. 환상이 환상일 뿐이라는 것만 확실히 인식한다면 간간이 꿈꾸며 사는 것은 해롭지 않으리라.

2001
CHUN

비어있음을 위하여

누구나 가슴 속에 꿈 한 자락은 품고 살아가기 마련이다. 건강과 부귀, 출세, 사랑, 남보다 뛰어난 능력이나 외모 등등…… 커다란 꿈부터 자그마한 것까지 꿈의 내용은 사람마다 다르겠지만 모두들 그 꿈을 이루기 위해서 노력한다.

꿈이 있다는 것은 삶에 활력을 주며 또 꿈을 이루기 위해 땀 흘리는 모습은 감동적이기도 하다. 그런데 그 방향이 잘못되어 있거나, 자신의 꿈 외에 다른 것은 개의치 않는다거나, 자신의 욕망을 위해서라면 무슨 일이라도 할 수 있다거나 하는 정도에 이르면 위험해지기도 한다. 꿈을 이루기 위해 정신없이 치닫다 보면 우리 자신이 그것의 노예가 되어 있는 경우가 생기기도 하는 것이다.

현대 사회는 빈틈없이 짜여진 일정 아래 일사불란하게 움직이고 있어 신속하고 정확하게 일하는 자들이 유능한 인물로 평가된다. 그런데 내가 게을러서이기도 하겠지만 빠른 속도로 달려가는 사람들이 무서울 때가 있다. 무리지어 질주하는 그들 뒤에 드문드문 처지고 있는 한두 사람들의 모습이 하나의 영상으로 떠오르곤 한다.

처음에는 나도 앞선 무리 속에 끼여 있었지만 조금씩 속도가 느려지면서 여전한 기세로 달려가는 선두 그룹을 망연히 쳐다보고 있는 장면. 주어진 일과가 다람쥐 쳇바퀴 도는 것 같다고 느껴질 때면 떠오르는 그림이다. 이럴 때, 잠시 일손을 놓고 한 발 뒤로 물러서 보면 주변의 모든 사람들이 맞물린 톱니바퀴들처럼 쉴 새 없이 돌아가는 것 같아 현기증이 나기도 한다. 잠시라도 그곳에서 벗어났으면 하는 충동이 비죽이 고개를 내미는 것이다.

남보다 뛰어나고 앞선 삶을 누리기 위해서는 부지런해야 하고 끊임없이 노력해야 한다. 적당히 살아서는 안 되고 목표를 향해 정진해야 하며 계획을 세워 꾸준히 실천해야 한다.

살아가면서 지켜야 할 규범으로 여기며 실행하고자 애썼던 이 항목들이 갑자기 독재국가의 강령처럼 다가오면서 내가 자율적으로 사는 것이 아니라 이들에 묶여 사는 게 아닌가 하는 의구심이 들 때가 있다.

좀 더 나은 삶을 위해 이 목표들을 세운 것이지만 어느 순간 나를 위해서가 아니라 이 목표들을 위해 뛰고 있는 것만 같을 때, 주종의 관계가 뒤바뀐 채 바뀐 사실조차 의식하지 못하고 허겁지겁 그 뒤를 쫓고 있는 내 모습을 깨닫게 된다.

그럴 때면 그 동안의 내 꿈과 내 목표에 대해 생각해 보는 시간을 가져본다. 그러면 내 꿈이 어느 지점에선가부터 오염되어 있었음을 발견하게 된다. 나의 욕구만 성취된다면 다른 사람들은 상관없다는 탐욕이 한구석에 도사리고 있고, 자녀들을 위한다는 명분 아래 내 욕심대로 아이들을 길러왔다는 것이 보이는 것이다. 꿈이 도덕성을 잃고 심연처럼 끝없이 흡입하기만 하는 게걸스러운 욕망으로 변했던 것이다. 떡 벌린 입 안으로 한없이 빨아들이기만 하는 검은 구멍처럼.

주변을 보니 어디에나 무수한 욕망들이 널려 있다. 자신의 욕망을 채우기 위해 타인의 욕망은 무시하고 한 번 채워진 욕망은 허기진 짐 승처럼 또 다시 새로운 것을 갈망하고 있다. 이른바 교양 있는 무리들은 자신의 욕망을 채운다고 말하지 않고 자식을 위해서, 사회를 위해서 등등의 명분을 만들어 놓기도 한다.

이처럼 끝없이 채워지기를 원하는 욕망들은 어느 시인이 말했듯이 '막힘'의 결과를 초래한다. 받아들이기만 하고 밖으로 내놓지 않다보니 '차가 막히고 사람이 막히고 숨이 막히고 하수구가 막힌다.' 그리고 쓰레기가 넘쳐난다.

이 막힘의 공간이 도시라면 막히지 않아 순조롭게 순환되는 자연은 우리 숨통을 틔워주는 공간이다. 아무 욕망 없이 있는 그대로 텅 비어 있는 자연.

요즘 부쩍 자연 풍광이 그리운 까닭이 이 막힘에 질식할 것 같아서가 아닌가 싶다. 하지만 도시를 벗어나고 싶은 것은 마음뿐 매일매일의 생활에서 빠져 나갈 수 없을 때, 옛 글을 읽으며 위안을 삼는다.

허균이 42세에 벼슬에서 물러나 두문불출하는 중에 펴낸 책인 「한정록閑情錄」에는 복잡한 세상의 권세나 재물에 대한 욕심을 버리고 초야에 묻혀 살았던 선비들의 유유자적한 삶이 가득하다. 그들이 세상의 권세나 재물에 대한 욕심을 버리고 초야에 묻혀 살았던 것은 당시 정계나 세상살이에 숨이 막혀 숨을 좀 쉬고자 한 것이리라.

초여름 정원의 숲에서 솔솔 부는 바람에 술이 깨자
마음 내키는 대로 이끼를 쓸고 돌 위에 앉아
꾀꼬리 울음소리를 듣노라면
대나무 그늘에서 햇빛이 새어나오고

오동나무 그림자는 구름을 뚫고 올라간다.

현대의 삶에서는 불가능한 정취이다. 이러한 것을 상상 속에서나마 누리고 다시 현실로 돌아오는 것이 사탕 놓아두고 돌아서는 어린아이 마음 같지만 잠시라도 마음이 여유로워짐을 느낀다.

며칠간 나를 옥죄며 고민케 했던 문제들, 뜻대로 되지 않아 속상했던 것들에 대해서 여유가 생기는 것이다. 아이들의 교육 문제도 자연스럽게 내버려두는 게 좋으리라는 느긋함이 생기면서 '모름지기 조화의 기미를 알고 멈춤으로써 조화와 맞서 권한을 다투려 하지 말고 조화의 권한은 조화에게 돌려주고…… 물외物外의 한가로움에 몸을 맡기라' 는 구절을 다시 한 번 되새겨 본다.

얼마 지나지 않아 다시금 채우고자 하는 욕망에 휘둘려 도로 안절부절못할 내 모습이 뻔히 보이긴 하지만, 어쩔 것인가 나는 그야말로 너무나 평범한 속세인인 것을.

잠시라도 비어둠으로써 머리가 맑아진 나는 심호흡하며 꽉 막힌 일상을 향해 다시 발을 디딜 준비를 한다.

넷

장미꽃 향기

현관문을 열고 들어서는데 어디선가 풋풋한 향기가 스칩니다. 코를 킁킁거리다가 현관 옆 방문에 매달아 둔 장미꽃다발을 발견했습니다. 가까이 다가가보니 꽃잎의 끝이 거무스름하게 변한 채 말라가고 있더군요. 그런데도 알싸한 향이 희미하지만 확실하게 맡아졌습니다.

졸업 후에도 정기적으로 모여 소설 공부를 하고 있는 제자들이 가끔 안부 전화를 합니다. 졸업했다고 끝이 아니라는 걸 보여주는 그들이 기특하여 짬을 내어 지난 주 그들 모임에 갔습니다.

각자 창작한 소설에 대해 의견을 주고받고 고민을 얘기하고 하다 보니 시간은 금방 흘러갔고 저녁을 함께 먹고는 아쉬운 마음으로 헤어졌지요.

잘해보려고 하지만 재능이 따라 주지 않는 데서 오는 회의, 열심히 노력하면 좋은 결과가 올 것인지 확신이 들지 않는 마음들을 털어놓는 그들은 곧 젊은 날의 내 모습이었습니다.

그 날 그들이 건넨 한 다발의 붉은 장미. 꽃병에 꽂아둘까 하다가 신경 써서 고른 듯 꽃봉오리 모양이 예쁘고 그들의 마음을 좀 더 오래 간직하고 싶어 방문에 걸어 놓았지요. 그래 놓고는 그만 잊고 있었는데, 나 아직 여기 있다고 나 좀 보라고 슬쩍 신호를 흘리는군요. 싱싱한 원래 자태는 사라졌지만 향기가 남아 나를 불러서는 그 날 제자들의 진지하던 얼굴과 젊은 날 같은 고민으로 괴로워하던 내 모습을 떠오르게 합니다.

박완서의 소설이던가요. 「나의 가장 나중 지니인 것」에서도 장미꽃 향기에 대한 얘기가 나옵니다. 장미꽃은 저기 있는데 향기는 온 방에 퍼져 있는 걸 보면서 주인공은 하나의 물건이 가시적인 형태로만이 아니라 보이지 않는 향기로도 존재한다는 것을 깨닫습니다. 깜빡 불 끄는 것을 잊어 새까맣게 탄 소꼬리를 두고도 비슷한 생각을 하지요. 숯처럼 타버린 소꼬리를 버린 지 오래인데도 고약한 냄새가 곳곳에 배어 사라지지 않거든요. 그래서 그녀는 소꼬리가 다른 무엇인가가 되어 집 안에 남아 있는 거라고 여깁니다.

사람도 마찬가지겠지요. 보이지 않는다고 해서 부재하는 건 아닐 겁니다. 향기가 장미꽃의 또 다른 존재이듯 곁에 없다고 해도 그 존재감을 느낄 수 있으리라 생각합니다.

그러고 보니 오래 전에 본 한 미국 드라마의 장면이 기억나는군요. 다정한 노부부가 있었는데 갑작스런 사고로 아내가 죽습니다. 아내를 그리워하던 노인은 아내가 생전에 녹음해 남겨 놓은 자동 응답기의 음성을 되풀이해 들으며 눈물짓곤 합니다. 사실 그는 아내가 살아있을 때 응답기를 사자는 아내에게 그런 물건이 무슨 소용이냐며 기계에 저장된 소리는 싫다고 아내를 타박했었죠. 그런데 그 기계가 이젠 그를 위로하는 물건이 된 것입니다.

필요 없다고 여겼던 것이 어느 순간에는 절실해질 수도 있다는 삶의 역설, 하찮은 일로 아내 마음을 상하게 한 것에 대한 뒤늦은 그의 회한이 가슴에 아릿하게 와 닿았습니다. 그리고 응답기에 저장된 목소리를 되풀이 들으며 아내의 흔적을 되새기는 것이 퍽 인상적이었지요. 우리나라에 자동응답기가 아직 보편화되지 않았던 때라 더 그랬던 것 같습니다.

사실 우리도 그런 경험이 낯선 것은 아닙니다. 함께 있지 않더라도 누군가의 눈빛이나 체취를 느끼고 목소리나 글에서 그를 기억했던 적이 있다면 말입니다. 한 존재를 깊이 생각하게 되면 길을 걷거나 집 앞에서 잠깐 벨을 누르는 사이, 또 일을 하거나 친구들과 얘기하는 일상 사이사이에, 어디선가 그가 나를 바라보고 있는 듯한 느낌에 사로잡히게 되지요.

주변을 돌아보면 당연히 아무도 없습니다. 하지만 실망감이 아니라 뭔가 충만한 느낌이 가슴 그득히 차오르는 건 옆에 없어도 함께 있다는 확신, 그 존재를 느낄 수 있다는 기쁨 때문일 겁니다.

하지만 바빠지면서 여기저기 생활의 때가 끼면서 그런 느낌들과 멀어진 지 오래입니다. 당장 눈앞에 보이는 것들을 해결하기노 어려운데 보이지 않는 눈빛이나 향기로 누군가를 기억하고 사는 건 사치처럼 보이니까요

더욱이 확실하고 눈에 보이는 것만 믿는 사람들에게 곁에 없는 존재를 생각하고 믿고 하는 것들은 쓸데없는 데 시간 낭비하는 것처럼 여겨지기도 할 겁니다. 하지만 한 치의 여유 없이 몰아치는 일과에서 잠시 벗어나 다른 사람들이 감지하지 못하는 것을 혼자 조용히 응시할 때의 고즈넉함을 사랑하는 사람들은 이런 느낌의 소중함을 압니다.

사실 인간은 이기적이어서 이 일 저 일로 또는 이 사람 저 사람과의 관계로 머릿속이 가득 차 있을 때는 다른 존재에 대해 관심을 갖기 어

렵지요. 몸 안에서 뭔가 빠져나간 듯 허전하고 공허할 때에야 비로소 다른 존재를 생각하고 그리워합니다. 지금 곁에 없는 존재들의 은밀한 속삭임에 귀 기울이는 시간은 또 다른 나를 만나는 순간이기도 한데, 우리 사회에 요란한 것들이 많아지고 있어서인지 그런 시간들은 점차 줄어드는 것 같군요.

이젠 바짝 말라 향도 나지 않는 장미꽃다발, 아직 방문 위에 걸려있습니다.

잊고 있었던 것을 되살려 준 향이 여전히 나는 듯해서 선뜻 버리기가 어렵군요. 오갈 때마다 한 번씩 바라보며 제자들의 얼굴과 젊은 날의 내 모습을 떠올립니다.

뜸부기의 힘

뜸북뜸북 뜸북새 논에서 울고
뻐꾹뻐꾹 뻐꾹새 숲에서 울 때……

아파트 어디선가 희미하게 피아노 소리가 들린다. 어릴 때 좋아하던
노래라 나도 모르게 흥얼거려 본다.

서울 가신 오빠는 소식도 없고
비단 구두 사가지고 오신다더니.

지금 불러봐도 마음을 파고드는 가사다.

나는 오빠도 없고 서울에 살았으니깐 서울 간 누군가를 기다려본 적
도 없다. 하지만 이 노래를 부를 때마다 사다 준다는 비단 구두를 그리
며 오빠를 기다리는 시골 어린 여자아이의 영상이 선하게 떠오르곤 했
다.

그 아이는 형편이 넉넉하지 않았으리라. 그래서 오빠가 돈 벌러 서
울에 간 것일 테지. 그런데 무슨 문제가 생겼을까, 소식 한 통 없으니.
혹시 오빠가 환하게 웃으며 돌아올까, 편지라도 오지 않을까, 가녀린
목을 빼고 동구 밖을 바라보는 소녀.

그 아이는 어쩌면 평생 오빠를 기다릴지도 모르겠다. 오빠는 대도시
구석진 곳에서 자신을 기다리고 있을 여동생을 생각하며 눈물짓고. 생
각이 꼬리를 물고 이어지다 보면 어느새 슬픔이 바닷물처럼 쏴 하고
밀려와 가슴 속 한 귀퉁이에 자리잡는다.

거기에 비단 구두라니. 비단이란 말은 단순히 귀한 물건이라는 이미
지만이 아니라 매끄러운 촉감을 지닌 형형색색의 화려한 꽃신을 연상
시켰다. 지금 생각해 보면 실용성과는 거리가 먼 아름다움이라는 점에
서 더욱 내 마음을 끌었던 게 아닐까 싶다.

한참 잊고 지내던 기억의 창고를 슬며시 여니 좋아하던 노래들이 하
나씩 둘씩 떠오른다. ‘섬집아기’, ‘따오기’, ‘고향 생각’, ‘고향의 봄’,

‘나뭇잎 배’ 그리고 ‘도라지꽃’ 이던가…… 엄마는 굴 따러 가고 혼자 남아 잠이 든 아기, 돌아가신 엄마를 그리는 아이에게 들리는 따오기의 처량한 소리, 멀기만 한 고향땅, 낮에 놀다 두고 온 나뭇잎 배……

그리고 보니 모두 가슴 아픈 내용을 담고 있다. 혼자이거나 무언가를 잃고 그리워하고 있고, 소중한 것들에서 멀리 떨어진 상실감을 노래하고 있다. 난 왜 이런 노래들을 좋아했을까. 어린아이가 자주 부르기에는 처연해 보일 수도 있는데. 게다가 가끔씩은 가족과 헤어져 혼자가 되는 상상을 하면서 훌쩍거리곤 했으니 일부러라도 슬픈 감정을 만들어내는 게 취미 비슷했던 것 같다.

그런데 그때 심리를 되짚어 보니 특별히 비관적 성향을 갖고 있어서가 아니라 느린 템포로 노래를 부르다 보면 서서히 스며드는 애련한 느낌을 즐겼던 거라는 생각이 든다. 슬픔이 잔잔하게 파문을 그리면서 퍼져나가고 그 잔상을 오래 음미하고 있다 보면 내가 말갛게 닦여진 것 같고, 눈물이 방울방울 떨어질 때의 멜랑콜리한 감미로움, 눈물을 씻고 나서 거울을 보면 뭔가 달라 보이고 어른스러워진 듯한 다소 낯선 내 얼굴, 뭐 이런 것들 때문에 슬픈 노래와 이야기를 좋아했던 것이다. 눈물로 어룽거리는 시선 앞에서는 평소 밉살맞은 것들이 예뻐 보이는 변화가 생기기도 했으니까.

그러니까 슬픔은 사람을 선하고 맑게 해주는 힘이 있는 것이다. 실제 삶에서 일어나는 고통이라면 그것을 감상하고 할 여유가 없겠지만, 노래 속의 슬픔은 실제 상황이 아니기 때문에 아픔 없이 감정이 정화되는 효과를 주는 것이리라.

그런데 요즘 아이들을 보면 '뜸부기' 노래를 부르면서 가슴 아파하기에는 너무 바쁜 게 아닌가 싶다. 자신만의 고요한 시간이 있어야 여러 감정의 결을 느낄 수 있을 텐데, 어릴 때부터 온갖 것들을 배우러 다니고, 일찌감치 경쟁에 노출되어 있으니 한참 거리가 먼 얘기다.

더욱이 동요보다는 어른들의 가요를 즐겨 부르니 연인의 사랑이나 이별 같은 일부 정서에만 익숙해진다. 그러다 보니 슬픔이나 외로움, 기쁨 같은 여러 가지 느낌이 제대로 자리잡을 틈도 없이 극단적이고 왜곡된 감정에 잠식당하게 되는 것이다. 인터넷이나 TV '가요무대'에서 어른 노래를 어른 뺨치게 불러대는 초등학교 아이를 보면 씁쓸해지는 건 그래서이다.

왕따니 폭력 서클이니, 점점 이기적이고 폭력적 성향이 강해지는 아이들 얘기를 들을 때면 이들이 슬픔을 느껴보지 못해서가 아닌가 하는 생각을 지울 수 없다. 슬픔에 이어지는 고즈넉함, 눈물을 흘리고 났을 때 따라오는 순수해진 기분 같은 것을 알기 전에 먼저 분노와 경쟁심,

이기심을 배우기 때문이 아닐런지.

변화의 속도가 점점 빨라져서 어지러움마저 느끼는 세상에서 잠시 그 움직임에서 떨어져 나와 혼자만의 오롯한 슬픔의 향연을 펼쳐보는 것은 어떨까.

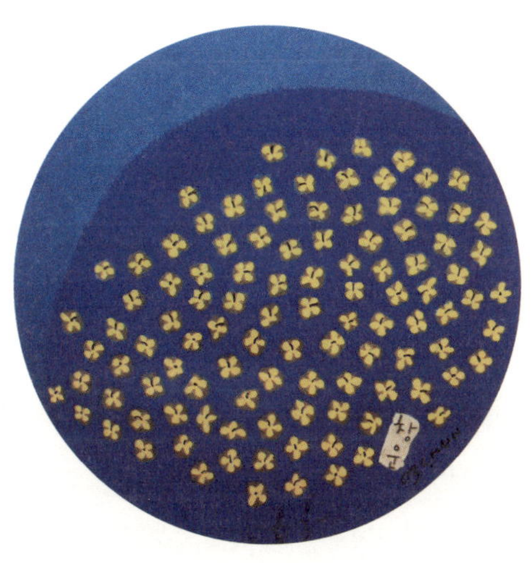

의심하기의 미덕

내가 요즘 맡고 있는 학보사 사무실은 대학 건물 8층에 있다. 창밖으로 멀리 63빌딩도 보이고 운동장이 훤히 보이는 전망 좋은 곳이다. 옥의 티라면 복도에서 들려오는 학생들의 인사 소리이다.

같은 층에 연극영상학과 사무실과 교실들이 있는데, 그 학과는 선후배 사이에 인사하는 것을 중시하는지 학기 초면 인사를 가르치는 소리, 복창하는 소리들로 소란스럽다. 자연스러운 인사면 좀 시끄러워도 흐뭇하게 들을 텐데, 꼭 "안녕하십니까, ○○학번 ○○○입니다."라고 목이 터져라 외치니 군대 같다는 생각에 언짢아지는 것이다.

그런데 복도에서 나와 마주치면 나타나는 그들의 반응이 재미있다. 의심 없이 교수라 생각하고 "안녕하십니까?"를 외치는 학생이 있는가

하면, 잘 모르는 얼굴이다 싶어 주춤거리는 학생도 있고 전혀 상관치 않고 지나가는 학생도 있다. 그중 웃음이 나오는 경우는 반사적으로 인사를 하면서 "안녕하십니까?" 소리치는 학생 옆에서 친구 옆구리를 꾹 찌르며 '누구야?' 하면서 의심의 눈초리를 보내는 학생들이다. '난 모르는데 넌 아니?' 하는 의문, '혹시 나만 모르는 건 아닌가' 하는 불안이 교차하고 있지만 그래도 그 학생 입에서 "안녕하십니까?"는 나오지 않는다.

그들을 보면서 잠시 딴 생각을 한다. 어떤 반응이 바람직한 걸까 하고.

창의성을 중시하는 쪽에서 보면 무조건 꾸벅 인사하는 것은 파블로프의 개처럼 자동화된 행동이라고 볼 수 있겠고, 반면에 경쟁사회에서 살아남으려면 누군지 상관 않고 무조건 인사하기가 몸에 배어 있어야 유리하겠다. 그런가하면 '누구야?' 하면서 확인하려는 태도는 우리 학과 교수나 내가 아는 사람에게만 인사하겠다는 배타성이 엿보이기도 하지만 확실히 알고야 행동하겠다는 의지를 보이는 게 아닐까?

윗사람에게 인사 잘하는 것을 권장하고 고분고분한 사람을 좋아하는 우리 사회로서는 일단 인사부터 하는 학생을 좋게 볼 것 같다. 하지만 획일적 사고를 갖게 하는 주입식 교육이 늘 싫었던 나로서는 의심해보는 태도가 오히려 좋아 보인다.

그러고 보니 「오징어」라는 재미있는 시가 생각난다.

눈 앞의 저 빛!
찬란한 저 빛!
그러나
저건 죽음이다
의심하라
모오든 광명을!

불빛을 좋아하는 오징어의 습성을 이용해서 오징어잡이 배는 불을 환히 매달고 바다로 나간다고 한다. 눈앞의 빛을 믿고 따라갔을 때 오징어를 기다리는 것은 죽음이다. 그래서 이 시는 의심하고 좇지 않았을 때 살아남을 수 있음을 역설하고 있다.

한 친구는 나보고 속없이 사람을 잘 믿는다고 이제까지 사기 안당하고 살아온 걸 감사하라고 했지만 내가 생각하기에 난 의심이 많은 편이다. 아니, 의심하기를 즐긴다. 소박하고 진솔해 보이는 사람은 잘 믿지만 뭔가 부풀린 듯한 사람에 대해서는 감각이 예리해진다. 저 겉모습 뒤에 숨겨진 진짜는 뭘까 하면서 촉수를 들이대는 것이다.

감정을 지나치게 과장하는 사람, 칭찬을 해도 '너무'가 꼭 들어가는 사람, 자기 자식에 대한 사랑이야 누구나 비슷할 텐테 유난히 모성적임을 내세우는 사람, 실제로 갖고 있는 것보다 많이 가진 것처럼 말하는 사람들이 꼭 있다. 그런 말들을 예의 상 들어주기는 하지만 속으로는 저건 진짜가 아닌데 왜 저렇게 말할까, 사실과 다르게 말하고 있는 것을 본인은 모르는 걸까, 이 생각 저 생각으로 분주하다.

글쓰기를 업으로 삼는 작가들에 관해서 전설처럼 전해 내려오는 얘기들노 새미있게는 듣지반 역시 안 믿는 편이다. 작품이 완성될 때까지는 머리를 자르지도 않고 씻지도 않는다거나, 자살하려고 했는데 발 밑에 지렁이를 보고는 저런 미물도 사는데 나도 살아야지 했다든가 하는 얘기들.

어릴 땐 경탄과 선망이 뒤섞인 마음으로 듣곤 했지만 이제는 '아무려면 그럴까' 하고 만다. 설사 그렇다고 해도 그런 얘기를 구태여 밝혀야 하나 하는 생각이 앞서는 것이다.

이런 심리는 그들에 대한 질투와 그렇게 하지 못하는 자신에 대한 자괴감이 좀 섞인 것일 게다. 그리고 감정이 풍부하거나 과장되더라도 로맨틱한 표현에 후한 점수를 주곤 하는 일반적 경향에 대한 나름의 반기이기도 하고. 감상적이거나 아름다운 수식이 붙어야 좋은 것으로 여기는 사람들이 의외로 많은데, 그건 강력한 직언보다는 부드럽게 넘어가는 수사가 더 만만하고 편하기 때문에 조장되어온 결과가 아닐까.

그래서 난 학생들에게 글쓰기를 지도할 때 아름다운 수사보다 진솔한 정신이 중요하다고, 건조하더라도 정직한 게 좋은 거라고 강조한다. 겉치레에 속지 않고 알맹이를 볼 수 있는 눈을 요구한다. 무조건 믿기보다 한번 뒤집어 보고 의심해보도록 당부한다.

이런 생각들이 내 머릿속에서 오가는 걸 알 리 없는 그 학생은 여전히 찜찜한 표정으로 서 있다. '누굴까?' 하면서.

우동 동태탕 소금구이

사랑은 음식을 나누는 곳에서 피어오른다.

성경에 나오는 오병이어 기적을 생각해본다. 잘 알려진 대로 물고기 두 마리와 떡 다섯 개밖에 없는데, 예수님이 축사하시고 떡을 떼어 주니 5천명이 넘는 사람들이 배불리 먹고도 남았다는 이야기이다.

따지기 좋아하던 대학시절, 신학대학에 다니는 친구가 해준 설명이 마음에 닿았다.

물고기와 떡이 진짜로 많아진 것이 아니라 이기심으로 꽁꽁 닫혀있던 군중들의 마음이 열렸기 때문이라는 해석이었다. 혼자 먹으려고 숨겨놓았던 사람들이 예수님의 말씀을 듣고 감화를 받아 먹을 것을 하나씩 둘씩 풀어놓았기 때문이라는 것이다. 빈 들의 삭막했던 저녁이 풍성한 잔치마당으로 변했을 광경을 흐뭇하게 상상해본다.

젊을 때는 밥 한 끼 같이 먹는 게 무어 그리 대수랴 생각했다. 어른들이 인사로 밥 먹었냐고 하는 것도 궁핍했던 역사의 산물 같아 추레해 보였다. 먹는다는 행위의 중요성을 잘 몰랐던 것이다.

이제는 음식을 나눈다는 의미를 알 것 같다. 「우동 한 그릇」이란 일본의 짧은 이야기가 감동적인 것도 우동이란 따뜻한 매개물 덕이리라. 우동가게 주인이 가난한 모자에게 온정을 베푼다는 이야기만으로는 밋밋했을 것이다. 추운 겨울날 어머니와 두 아들이 우동 한 그릇을 가운데 두고 머리를 맞대고 한 젓가락씩 먹는 풍경을 보면 그 누가 훈훈하지 않겠는가.

나에게도 따뜻한 음식과 관련된 몇 가지 추억이 있다.

초겨울 추위로 발개진 볼을 손으로 감싸며 들어가 먹던 우동의 맛을 안다.

길거리, 아주 작은 테이블 몇 개 놓여있는 가게. 서로를 향한 애틋한 감정이 피어오르듯 김 오르는 우동 그릇, 우동 한 올 한 올씩 젓가락에 말아 올려 입으로 가져가는 순간 눈이 마주치면 배시시 웃음이 배어 나오고, 우동 한 그릇에 가슴이 터질 것 같던 시절이 있었다.

또 늦은 밤 가끔 들리던 허름한 술집. 술집이라 이름 붙이기에도 미안할 정도의 규모지만 주인할머니 인심이 좋고 유일한 메뉴인 동태탕 맛이 일품이었다. 할머니가 쉬기도 하고 손님이 앉기도 하는 작은 방 하나가 있고 홀에는 탁자가 두 개뿐인 작은 가게였다. 벽 한 쪽에는 다듬다 만 열무니 배추 같은 게 쌓여있어 허물없는 이웃 할머니 집에 놀러온 듯한 느낌을 주었다.

아, 그리고 중요한 정수기 한 대. 왜냐하면 동태탕 하나 가운데 두고 오래 앉아있다 보면 국물이 졸아 정수기에서 물을 받아 붓고 붓고 했기 때문이다. 동태살은 건드리지도 않고 국물만 떠먹어가며 이런저런 이야기를 나누면 시간은 저 혼자 쏜살같이 지나가 저 앞에서 우리를 지켜보고 있고, 가게를 나와 골목길 어귀에서 하늘을 보면 두엇 떠있던 별들. 아직도 마음을 따뜻하게 덥히는 풍경이다.

돼지고기를 즐겨 먹는 편이 아니었는데 가늘게 채 썬 파를 얹은 양념장과 무생채 맛이 감칠 맛 나게 혀에 감기던 가게 덕에 소금구이의 맛을 알게 되었다. 알 굵은 소금이 드문드문 올려진 약간 두툼하게 썬 돼지 목살을 구워 양념장에 살짝 적시는 것이다. 채 썬 파를 조금 고기에 얹어 함께 입으로 가져가면 맵싸한 파 향과 고기 맛이 잘 어우러지는 것 같았다.

나는 원래 쌈 싸 먹는 것을 좋아하지 않았지만, 깻잎에 고기 한 점

올려놓고 파무침과 무생채, 쌈장을 조금씩 넣어 예쁘게 싸 주는 것을 받아먹지 않을 순 없었다.

입을 크게 벌려 받아먹으면 입 안 가득 퍼지는 것은, 아마도 사랑이 었겠지.

서정시를 쓰기 힘든 날

나도 안다, 행복한 지만이
사랑받고 있음을 그의 음성은
듣기 좋고, 그의 얼굴은 잘 생겼다.
… (중략) …
해협의 산뜻한 보우트와 즐거운 돛단배들이
내게는 보이지 않는다. 내게는 무엇보다도
어부들의 찢어진 어망이 눈에 띨 뿐이다.
왜 나는 자꾸
40대의 소작인 처가 허리를 꼬부리고 걸어가는 것만 이
야기하는가?

처녀들의 젖가슴은

예나 이제나 따스한데.

히틀러가 독일을 지배하던 시기, 브레히트는 그로 인한 참담함을
「서정시를 쓰기 힘든 시대」라고 읊었다.

'즐거운 돛단배' 대신 '어부들의 찢어진 어망'이 눈에 띄고 '처녀들
의 젖가슴'보다 '40대의 소작인 처가 허리를 꼬부리고 걸어가는 것
만' 노래할 수밖에 없음을 고백한다. '꽃피는 사과나무에 대한 감동과
엉터리 화가(히틀러를 의미)에 대한 경악' 중 앞의 것이 아름다운 시의
소재로 적당하다는 것을 알면서도 브레히트는 두번째 것이 시를 쓰게
한다고 썼다.

이런 저런 일로 골치가 아파 봄이 돌아오는지도 모르고 꽃이 피는
것도 피어있는 꽃이 예쁜지도 눈에 들어오지 않는 요즘, 차원은 다르
지만 서정시를 노래하기 힘들다는 시인의 심정이 깊은 울림을 준다.

중년의 나이에 이르렀지만 난 아직 어린애구나, 라는 생각이 자주
든다. 주로 모교에서 강의하고 친하게 지내는 벗들도 함께 공부해온
사람들이고 하다 보니 다양한 사람들을 만날 기회가 적었던 탓이리라.

사회란 학교에서 배운 대로 움직이진 않는다는 것을 듣기는 했지만 설마 모두 그러랴 했는데, 아, 진짜네 싶어진 것이다.

살아가면서 늘 좋은 일만 일어나는 것이 아니고 내 성향과 거리가 먼 사람도 있다는 것을 모를 나이는 아니지만 막상 그런 일을 겪으면 당혹스러워지는 것이다. 막연히 알고 있던 것과 직접 부딪치며 겪는 것의 차이를 체험하고 있는 중이다.

흔히 말하는 '좋은 게 좋은 거'라는 말. 진짜 좋은 말인데 문제는 모두에게 좋지 않을 때이다. 누군가에겐 좋지만 또 다른 누군가는 피해를 볼 수 있을 때, 그러면 어떻게 할 것인가?

사람이란 간사한 동물이어서 자신에게 이로운 것을 좋아하는 것은 당연한 이치이다. 그러나 서로간의 이해가 상충될 때는 사적인 것을 포기하고 공적인 선을 추구해야 하는 게 도리 아닐까? 부당한 방법을 써서라도 자신의 이득을 챙겨야 잘 살 수 있는 것일까? 그렇지 않으면 바보라고 여기는 게 우리 사회 대다수 사람들의 생각인지…… 생각해볼수록 슬픈 모습이다.

우리 대학에는 직장에 다니면서 야간에 수업을 듣는 클래스가 있다. 피곤할 텐데도 늘 진지하게 공부하는 그 반에서 토론이 벌어졌다. 채만식의 「미스터 방」이란 소설을 공부하는 시간이었다.

해방 후 영어 몇 마디 아는 것으로 미군의 통역이 되어 기고만장해진 남자를 풍자하면서 당시 사회의 부정한 일면을 잘 드러낸 작품이다. 한 학생이 그 시대의 문제가 지금까지도 이어지고 있는 것 같다면서 이런 부정 앞에서 어떻게 해야 할 것인지에 대해 얘기해 보자고 제안한 것이다.

모두들 직장에 다니며 한 두번은 경험해 본 일이라고 여러 사례들이 쏟아져 나왔다. 많은 학생들이 자신들이 대면했던 부정한 상황 앞에서 바른 해결책을 찾으려고 애써 왔다고 해서 내심 기뻤다. 그 중에는 지나치게 거대한 적 앞에서 무력감을 느꼈다는 고백도 있었지만 그들이 정의파라는 것이 감사했다. 그래서 그날 수업은 작품 해석보다 더 훌륭한 결론으로 마칠 수 있었다. 정의를 따르는 열정을 간직하자는.

그날 학생들에게 내 속사정을 얘기할 수는 없었지만 그들의 이야기는 내게 큰 위안이 되었다. 우리 사회에 이러한 사람들이 비록 소수라도 사라지지 않는 한 아직 희망은 있지 않는가 하는, 그리고 조금씩이나마 사회가 변하고 있지 않는가 하는, 조심스런 기대를 하게 되었던 것이다.

여러가지 일들로 스트레스가 심했는지 감기도 걸리고 자동차 사고도 나고 어이없이 이질성 설사에 걸리기까지 했다. 그러는 사이에 봄이 완연해졌다.

쌀쌀한 날씨에 꽃은커녕 파릇한 싹도 보이지 않더니 드디어 꽃이 폈다.

머릿속이 멍해 뭘 봐도 감흥이 없던 내 눈에도 활짝 핀 목련이 보인다. 엊그제 학교로 가는 길 옆 한 주택 담장 안에 흰 목련이 흐드러지게 펼쳐져 있었다. 오늘은 정지선에 서있는데 길가 벚꽃나무에서 벚꽃잎 한 장이 사르르 창 앞 유리에 떨어져 앉았다.

봄이구나.

사과나무의 감동을 노래할 미음까지는 아직 아니지만 사과나무가 눈에 들어올 정도의 여유는 돌아왔나 보다.

의미로부터의 자유

"이 작품에서 '저녁'의 의미는 작품의 배경 시간을 나타내면서 삶이 이우는 때를 뜻합니다. 여기서 작중인물들은 매일 저녁 낡고 너덜너덜한 화투를 치면서 시간을 보내지요. 그것은 이들의 삶이 마치 낡은 각본을 갖고 연극하는 것과 같다는 통찰을 드러내고 있어요. 그러니까 '게임'이 뜻하는 것은……"

오늘도 나는 학생들에게 소설 속 상황에 대해 분석해 준다.

매일 저녁 식사 후 화투를 치는 아버지와 딸을 중심으로 이야기를 풀어가는 이 소설에서 화투놀이가 의미하고 있는 것이 무엇인지, 인물들의 관계는 어떠한지, 작가가 나타내고자 한 주제는 무엇인지 등을 열심히 설명하면 학생들은 자못 진지하게 노트도 하며 듣는다.

　그런데 이따금 '의미는 무슨 의미, 그냥 저녁마다 화투치는 이야기로 읽으면 어때?' 하는 생각이 고개를 든다. 그럴 때면, 그냥 겉으로 드러난 것만 받아들이면 안 되냐는 질문이 학생들 속에서 나오지 않나 은근히 기다려보기도 한다. 막상 그런 질문을 받는다면 표면의 현상 뒤에 숨은 이면의 진실을 찾아야 한다고, 그 숨어 있는 의미를 캐내는 것이 진정한 독서의 즐거움이라고 엄숙하게 말할 거지만 말이다.

　문학작품을 읽고 분석하고 가르치는 게 일이다 보니 작품에 나타나는 다양한 의미들을 파악하기 위해 늘 작품을 여러 번 읽고 생각하곤 한다. 그런데 작품에 등장하는 인물들의 성격과 사선들을 통해 구현되는 의미 찾아내기에 슬며시 꾀가 나면서 회의에 빠져들 때가 있다.

　이런 작업이 무슨 의미가 있나, 소설 하나 올바르게 이해한다고 해서 또는 잘못 분석한다고 해서 특별히 달라지는 게 있나 싶은 생각이 드는 것이다. 파악하기 어려운 의미를 해독해 내고선 흐뭇한 성취감을 느끼는 때도 있지만, 의미를 찾고자 눈을 부릅뜨고 있는 자신이 먹이를 찾는 사냥개같이 생각되기도 한다.

　그러고 보면 우리는 너무 많은 의미들 속에 살고 있는 것 같다.

　사람들은 자그마한 행동 하나에도 '나라를 위해서' 라든가, '부모님을 위해서' 같은 명분 붙이기를 좋아하고, 그렇게 그럴듯한 의미가 붙어야 안심하곤 한다. 특별하지 않은 물건도 사랑이나 우정에 필요한 것이라는 의미를 붙여놓으면 불티나게 팔리는 상품이 되고, 사소한 의미들이 모여 보편적 관습이 만들어지기도 한다.

어릴 때 인상 깊게 들었던 꽃 이야기가 기억난다. '며느리취' 라는 꽃이 그 특이한 이름을 얻게 된 데는 불쌍하게 죽은 며느리의 슬픈 이야기가 숨어 있었다. 옛날에 힘들게 시집살이하던 며느리가 어느 날 밥을 푸다가 너무나 배가 고픈 나머지 주걱에 붙은 밥풀 몇 알을 떼먹었다고 한다. 그것을 본 시어머니가 작대기로 내리쳐 며느리는 그만 죽고 말았는데, 며느리의 한이 그 집 뒤뜰에 꽃으로 피어났다는 것이다.

하찮은 풀꽃 하나에도 관심을 가진 누군가의 마음이 따스하게 다가오기도 하지만, 그 작은 풀꽃에까지 이름과 의미를 붙이는 것이 숨 막히게 여겨지기도 한다. 이름 뒤에 거창한 배경 이야기를 달고 있으니 아무 의미 없이 홀로 서 있을 때에 비해 얼마나 무거운가.

요즘 들어 의미 붙이는 일이 버겁고 무의미 하다는 생각이 자주 일어나는 것은 갈수록 강렬해지는 광고들에서 비롯되는 것 같다. 소비자들의 구미를 당기기 위해서 제품의 의미를 가능한 현란하게 포장한 광고들을 쉽게 마주칠 수 있기 때문이다. 상품의 의미가 한껏 부풀려진 광고 문안들이 주변에 넘쳐나는데, 특히 인터넷 관련 상품들에 부여되는 의미들은 어마어마하다. 그것을 외면했다가는 시대의 낙오자를 면치 못하리라는 메시지가 강력하게 발산되고 있어 그로부터 자유롭기가 어려운 것이다.

영화 광고나 신문 기사 역시 그렇다. 과연 한 편의 영화가 이처럼 많은 것을 관객들에게 줄 수 있을까 싶은 수많은 미덕들이 화려하게 나열되고, 신문 기사의 머리제목은 자극적인 문구로 이루어져 사람들의 눈길을 끈다.

멋지고 화려한 수식어들로 치장하고 있지만 실제로는 허약한 몸체들, 과장된 의미임을 알면시도 짐짓 모르는 듯 그것들을 묵인하는 우리들, 실체에 비해서 너무 과장된 것 아니냐는 질문 자체가 우문인 듯한 분위기, 이 속에서 우리들은 진정한 의미가 어디에 있는지 잠시 방향을 잃고 방황하게 된다.

이런 생각을 하다 보니 의미가 중요하지 않았던 사람들의 삶이 새삼 특별하게 떠오른다. 타인에게 보여지는 것이 무엇이든 괘념치 않은 자들, 이들이 관심두지 않았던 의미들은 대체로 사회규범에 근거한 것들이었기에 이들은 의미로부터 자유로운 만큼 아웃사이더로서 살았다.

어떤 성씨를 물려받았나 이름 석 자가 중요했던 시절, 잘못 불린 이름 '이상'을 그대로 자신의 이름으로 바꾸어 썼던 이상李箱. 소설이나

시 또는 삶에 대한 기존의 의미들을 무시한 그는 그 시대에 보편적인 의미들에 대항해 반기를 들었던 것이다.

식민지 시대에 조국의 안위를 염려하지도 않고 성실하고 올바른 삶과는 거리가 먼 삶을 살다간 이상은 「날개」에서 드러나듯이 '펀둥펀둥 게으르게' 뒹굴면서 거울 장난이나 하며 지낸다. 심각하게 받아들이는 것 없이 어린아이처럼 유희하듯이 살아감으로써 19세기적 의미들을 조롱한 것이다.

나 같은 범인들은 과장된 의미나 관습화된 의미에 반기를 들 수 있을까. 기껏 눈살이나 찌푸리면서 왜 이러나 한숨이나 쉬는 정도에 그칠 뿐이다.

어느 시인이 읊었던 것처럼 세상의 모든 사물들이나 사람들은 이름이 불려짐으로써 비로소 '잊혀지지 않는' 존재가 된다. 곧 개개가 지니고 있는 의미란 존재의 이유이며 근거이지만, 자꾸 부풀려지면 알맹이는 간 데 없이 포장된 의미만 남을 것이 우려된다.

그래서 불필요한 의미들로부터 자유롭고 싶다. 진정한 의미, 자기 몸에 딱 맞는 의미만 걸친 모습이 그리워지는 요즘, 각각의 '빛깔과 향기에 걸맞는' 이름만 불려질 수는 없을까 생각해 본다.

어떤 삶

몇 달 전, 한 친척 할머니가 이 생을 마감했다. 그분이 살아온 이야기를 전해 들으면서 삶이 참 쓸쓸하구나 하는 생각에 가슴 한 켠이 아릿해졌다. 남편도 일찍 죽고 자식도 없이 평생 형님 댁 허드렛일 하면서 살았는데 고맙다는 인사는커녕 모자란다는 소리나 들었던 모양이었다.

그 할머니의 남편은 삼형제 중 막내였는데 일찌감치 도회로, 일본으로 유학 간 형들과 달리 가업인 과수원을 지키느라 시골에 남았다고 한다. 공부 많이 한 형을 존경하고 어려워하면서 형님 댁 일이라면 열 일을 제치고 달려가는 남편을 따라 할머니도 늘 형님네 일을 도와주곤 했다. 슬하에 자식은 없어도 남편이 착했고, 둘이 부지런히 일한 덕에 논도 사고 한때는 정미소도 운영할 정도로 돈을 모은 적도 있다고 한다.

불공평하게도 형에겐 아들만 3형제가 있었는데 그 중 막내아들을 이 집에 양자로 주었다. 자신들이 애를 낳았다면 이만큼 잘난 아들을 낳을 수 있었겠냐고 감지덕지하던 할머니는 남편이 죽어 혼자가 된 뒤에도 아들 뒷바라지만큼은 빚을 얻어서라도 할 정도로 지극했다. 그렇게 귀한 아들이 결혼을 하고 아이를 낳아 잘 사는 것이 너무 기뻤다는데, 그만 그 아들네가 이혼을 했다.

가장 행복했던 시간들이 사라지자 할머니는 마음의 안정을 잃고 상심한 끝에 지병인 당뇨가 심해져 결국 돌아가신 것이다. 마지막엔 아들이 자기 형편도 어렵다고 할머니를 모시지 않는 바람에 불편한 몸으로 친정 언니 집에서 더부살이를 하다가 이 세상을 뜨고 말았다.

어른들은 그러게 예전부터 양자는 들이지 않는다고 했다며 아들 노릇 못한 양자를 욕하면서 참 복도 없고 바보 같은 양반이라고 혀를 찼다. 착하긴 해도 허풍이 있고 객관적 기준 없이 자기 가족이면 무조건 편들곤 해서 난 그 할머니를 좋아하지 않았는데, 그 삭막한 일생을 듣고 보니 그 정도는 그다지 큰 흠이 아닌 것 같다. 남편과 다정한 시간을 보낸 것도 아니고 자식이 있는 것도 아니고 그렇다고 주변 사람들의 흠모나 사랑을 받은 것도 아닌데, 그 정도 허풍이라도 떨어야 사는 재미가 있지 않았겠나 싶은 거다.

몇 년 전인가 뵈었을 때, 한때 육중하던 몸피가 줄어 홀쭉했다. 아무렇게나 빗은 하얗게 센 머리, 주름지고 수심이 가득한 얼굴, 구부러진 등은 살아온 70여년의 세월이 허망하다고 말하는 듯했다. 나름대로는 열심히 살았을 텐데 이 세상에 와서 일궈놓은 것 하나 없이 말년에 괴로움만 남은 삶. 사람은 죽어서 이름을 남긴다고 했는데, 이름을 남긴다고 해서 덜 쓸쓸할 진 모르겠지만 이 세상에 왔다간 흔적 하나 없이 간 할머니의 삶이 슬프다.

지난 주엔 대학원 선배의 부음을 들었다. 11년 선배라서 선생님이라고 불렀던 선배이다. 모교 강사로 재직하던 중 남편의 건강이 좋지 않아 10여 년 전 캐나다로 이민을 갔는데 작년 중반부터 몸 상태가 안 좋았다고 한다. 한국에 와서 진찰해보니 하필 폐암이었던 것이다. 수락산 아래 집 하나 얻어 요양 중이라는 소식 듣고 찾아가 보지도 못했는데 덜컥 가셨다니 망연하기만 하다.

영안실 영정 사진을 보니 환하게 웃고 있는 예전 모습이어서 울컥 눈물이 솟는다. 마지막 가기 전 만나보았다는 한 선배는 "나 같으면 너무나 억울하고 화가 나서 아우성을 쳤을 텐데, 걔는 그냥 담담하게 받아들이고 있더라. 그게 참 놀랍더라.”고 전한다.

사실 난 그 선배에게 빚이 있다. 대학원을 졸업하고 연구조교로 일할 때니 벌써 19년 전 일이다. 당시 조교들은 교양국어 레포트 체크하는 게 주된 일이었는데, 난 ‘문학의 이해’란 과목도 맡아 그 과제도 체크해야 했었다. 다른 조교에 비해 내 일이 너무 많다고 생각한 나는 아무 생각 없이 담당 교수님께 가서 ‘문학의 이해’ 일을 줄여달라고 말씀드렸다. 교수님께서 별다른 말씀 없이 그러마고 하셔서 난 잘 끝난 걸로 알았는데, 교수님은 그 일을 이 선배님께 시키신 것이었다.

일 년 여 후에 (그땐 나도 세상 돌아가는 것과 서열 개념을 좀 안 뒤였다.) 이 사실을 알곤 어찌나 죄송하던지…… 갓 들어온 까마득한 후배 때문에 그 일을 하게 되었을 때 얼마나 괘씸했을까. 그래도 아무 내색하지 않았던 속 깊은 분이었다. 죄송하다는 말도 변변히 못했는데 훌쩍 캐나다로 떠나고 또 다시 이 세상마저 떠났으니……

곱고 부드러운 외모와 성격, 잘생긴 두 아들과 자상한 남편, 경제적으로도 여유 있어 누구나 부러워할 만한 삶인데 낯선 이국에서의 삶이 편하지 않았던 걸까, 아니면 모든 면에 섬세한 성격이 병을 불렀을까. 생을 접기에는 이르다는 안타까움을 어느 때보다도 강하게 느끼고 있는 내 마음을 가만히 들여다보니, 나 역시 이처럼 갑작스런 떠남에서 예외일 수 없다는 두려움이 도사리고 있다.

이루어놓은 것도 변변히 없는데 이제 그만 가야 한다는 선고를 듣는다면 그야말로 벼랑 앞에 선 느낌이지 않을까? 온갖 일들이 떠오르리라. 잘한 일보단 잘못한 일이나 아쉬운 일이 더 많이 생각날 것 같고, 이젠 사랑하는 가족과 친우들과 함께 하지 못한다는 생각에 가슴이 미어지겠지.

문상에서 돌아오는 길에 한강에 들렀다. 무심히 흐르는 강물을 보니 '흐르는 것이 물 뿐이랴, 우리가 저와 같다' 고 한 시구가 떠오른다.

우리 마음대로 할 수 없는 삶 앞에서 할 수 있는 것은 그저 열심히 살아가는 것이겠거니 하면서 집으로 발길을 돌렸다.

춤

근육으로 단단한 다리가 힘차게 땅을 박차며 도약한다. 하늘을 향해 팔을 죽 펴고 몸을 한껏 위로 솟구친다. 중력을 거스르는 순간. 아름답다.

몇 년 전부터 월 수 금 저녁 8시면 집 근처 체육센터에 간다. 재즈댄스 강좌에 가는 것이다. 다른 중요한 일이 있으면 빠지기도 하지만 재즈댄스는 이제 나의 중요한 일과로 자리잡았다.

대학시절 테니스채 잡고 몇 번 휘저어보곤 포기한 이래, 운동과는 담을 쌓고 살아왔다. 운동이 중요하다는 것은 알지만 애 키우면서 공부하랴 강의하랴 정신없이 살다보니 운동하는 데 시간 내기가 불가능

했다. 체력도 좋지 않아 늘 기진맥진하는 나를 보고 어머니는 안타까
워하시며 늦어도 마흔에는 운동을 시작하라고 누누이 충고를 하셨다.

급기야 조그만 수술을 하게 되었고 그제서야 정신이 번쩍 나 이런
저런 운동 프로그램을 알아보기 시작했다. 마침 집 근처에 구립 문화
체육센터가 개관을 했다. 저녁 8시면 아이들이 저녁 먹고 학원에 가는
시간이라 괜찮을 듯 했다. 8시에 개설된 프로그램을 찾아보니 재즈댄
스 강좌가 있었다. 재즈댄스가 뭔지도 몰라 엄두가 안 났지만 일단 시
작해보자고 용기를 냈다.

쭈뼛거리며 첫 시간에 가보니 아줌마들노 서너 명 쉬어 있이 미음
이 좀 놓였다. 낯선 동작을 따라 하려니 어색하고 몸은 말을 안 들었
다. 하지만 선생님이 친절한 데다 핵심을 잘 짚어 가르쳐주어 점점 흥
미를 느끼게 되었다. "재즈를 잘 하려면 머리가 좋아야 해요. 먼저 동
작을 기억해야 하니까요. 그 다음엔 반복해서 연습하면 되지요." 선생
님 설명에 힘을 얻어 연습해보니 조금씩 동작들이 몸에 익기 시작했고
어느새 즐기고 있는 나를 발견하게 되었다.

춤을 출 때 가장 좋은 것은 머릿속이 맑아지는 것이다. 동작에 집중
해야 하기 때문에 그 전까지 내 머리를 짓누르던 것들이 공중분해된
다. 비록 몸은 무거워 허공을 나르지 못하나 머릿속만큼은 공기처럼

가벼워지는 것이다.

처음엔 몸을 쓰는 데서 오는 희열이 좋았다. 중고생 때 체력장 연습 이후 처음 만나는 경험이었다. 흥겨운 리듬에 맞춰 빠르게 몸을 움직일 때, 발 끝으로 서거나 한 다리로만 서서 버티는 동작을 할 때, 저절로 끙끙 소리가 나오고 땀이 흘러내리는데, 뭔가 해낸 듯한 뿌듯함이 차오르곤 한다. 그 전까지 뻑뻑하고 피곤하던 눈도 말갛게 개이고 뒷골이 뻣뻣하던 것도 어디론가 사라져 있다.

시인 김춘수는 시를 춤에 비유했다.

'보행'이 유용함에 비해 춤은 무용無用하므로 영원히 아름다울 수 있다는 것이다. 마찬가지로 시도 실용적이지 않은 격格 때문에 예술이라는 얘기이다.

건강을 위해 재즈댄스를 배우는 터라 전문적인 무용수와는 한참 거리가 있지만, 춤을 배우면서 허공을 향해 날아오르는 자세의 아름다움을 비로소 알아보게 되었다. 무겁고 둔한 몸으로는 절대로 불가한, 그래서 더욱 아름답고 환상적인 포즈. 정지된 그 순간에는 한 마리 새인 상태, 실용성과는 전혀 상관없는, 그 자체로 완벽하게 아름다운 동작인 것이다.

그래서 영화 「빌리 엘리어트」의 끝 장면을 좋아한다. 탄광촌의 소년 빌리가 우여곡절 끝에 훌륭한 발레리노가 되는 그 영화의 마지막은 그가 「백조의 호수」 주역으로 땅을 박차고 하늘로 솟아오르는 모습이다. 카메라는 빌리가 무대에 나가기 전 심호흡을 하고 준비 동작을 하는 것을 천천히 따라가다가, 발을 구르며 무대로 나가 힘차게 비상하는 모습을 정지화면으로 잡고 숨을 죽인다.

한 마리 백조로 우아하게 날아오른 그의 모습은 가난하던 어린 시절, 주눅 들린 모습으로 오디션을 보던 초라한 탄광촌 소년이라는 어둡던 과거로부터 벗어나 새로운 다른 존재로 거듭난 것을 상징하고 있다. 땅에 속한 것들이 그의 몸을 무겁게 끌어내리는 것이라면 춤은 그를 천상으로 끌어올리는 것이었다.

몸은 무거워서 바닥을 기고 있지만 상상 속에서는 땅을 박차고 솟아오른 내 모습을 그려보며 오늘도 나는 체육센터 문을 연다.

유령

　3월 새학기가 시작될 무렵이면 신입생 오리엔테이션이며 입학식이며 행사가 많아 늘 분주하다. 방학동안 쉬는 데 적응되었던 몸은 벌써 피곤하다고 신호를 보내온다. 그래도 교실에 들어가 신입생들의 풋풋한 얼굴을 마주하면 새로운 의욕이 솟아나게 되니 가르치는 일이 적성에 맞긴 한가 보다.

　올핸 어떤 학생들이 들어왔을까 궁금하기도 하고 학생들끼리도 빨리 얼굴을 익히라고 수업 첫 시간에 간단히 자기소개를 시킨다. 대차게 자기소개를 하는 학생이 있는가 하면 수줍게 인사하는 학생도 있고 취미와 가족관계 같은 것을 재미있게 얘기하는 학생도 있다.

　그 중 한 학생의 이야기에 내 귀가 쫑긋했다. 작은 목소리로 자신의 이름을 말한 뒤 "저는 내성적이라 친구를 잘 사귀지 못해요. 제가 존재감이 없어서 주변에서 잘 모르는 것 같아요. 신입생 오티에도 갔다 왔는데, 갔다 온 줄 아는 사람이 없어요. 앞으로 친하게 잘 지냈으면 좋겠어요." 하는 말 때문이었다. 내성적이라는 말 깐으로는 할 말은 다 한 셈인데 '존재감이 없다'는 표현에 퍼뜩 떠오른 게 있었다.

본인 말대로 관심을 끌 만한 용모는 아니었다. 눈여겨 볼 만한 부분은 없는 평이한 얼굴인데다 키도 작고 몸집도 가녀리다. 예쁘고 못생기고를 떠나서 외모를 가꾸고 치장하는 데 익숙한 요즘 젊은이들에 비한다면 대조적인 모습이다. 고등학생 때 머리모양을 그냥 자라노록 내버려둔 듯한 헤어스타일에 화장기 없는 맨 얼굴, 입은 옷도 아무런 장식 없는 수수한 점퍼여서 정말 눈에 띌 요소가 하나도 없었다.

윤성희의 소설에 이와 비슷한 인물이 등장한다. 주목받을 만한 외모나 집안, 능력이 없는 인물들이 우연히 친구가 되고 함께 살게 되는 이야기이다.

어릴 때 쌍둥이 언니를 교통사고로 잃고 아버지마저 기차칸에서 죽어 혼자 살아가는 여자 주인공은 찜질방에서 W라는 여자를 알게 된다. 집 대신 찜질방에서 사는 주인공이 목욕을 하고 나오다가 바닥을 닦고 있는 W의 발을 밟는다. 다음날에는 목욕탕문을 열고 나오는 W

와 정면으로 부딪친다.

미안해하는 주인공에게 그녀는 괜찮다고 하면서 몸에 난 수많은 멍을 보여준다. "하루에 수십번은 사람들과 부딪쳐요. 가만히 서있는 내 발을 밟고 나서 사람들은 이렇게 말하죠. 미안합니다. 못 봤어요. 정말 사람들 눈에는 제가 잘 안 보이나 봐요."라고 하면서.

학창시절에는 소풍을 가서 담임선생님이 그녀를 빼고 인원을 센 적도 있고 그녀의 짝은 한 학기가 지나도록 그녀의 이름을 제대로 외우지 못했다. 유리창을 닦다가 2층에서 떨어진 적이 있었는데 반 아이 한명이 유리창을 닦고 있는 W를 보지 못하고 창을 닫았기 때문이었다. 그래서 그녀의 별명은 유령이었다. 일년 넘게 만나오던 남자친구는 헤어지면서 "난 니가 무서워."라고 말했다.

그녀가 유령처럼 살아온 데에는 슬픈 사연이 숨어있다. 그녀의 어머니는 꽤 유명한 배우였는데, W는 어머니가 배우가 되기 전에 낳은 아이였다. 어머니와 외할머니 외에는 아무도 아이가 태어났다는 사실을 모르는 것이다. 어머니가 유명해질수록 그녀는 더욱더 유령 같은 존재가 되어갔다.

W는 자신의 삶을 한탄하는 대신, 자신만의 처방을 지니고 살아간다. 그것은 매운 음식이다. 매운 음식이 식도를 타고 내려가는 순간,

W는 자신이 살아있음을 느낀다. 주인공과 W는 친구가 되고 또다른 상처가 있는 인물까지 함께 오순도순 살아가는 이 이야기는 읽는 이의 가슴 한 켠을 따뜻하게 적셔준다.

우리 학과 학생이 소설 속 인물처럼 아픈 사연을 안고 있는 건 아니겠지만 '튀어야 산다'를 맹신하는 듯한 요즘 분위기에서 존재감 없이 지낸다는 것은 힘겨울 수 있다. 그래서 수업 때마다 그 학생을 눈여겨본다.

오늘은 조별로 나누어 토의를 했는데, 무슨 이야기를 하는지, 활짝 웃는 모습이 눈에 들어온다. 나도 저절로 기분이 좋아신나.

알아봐주는 친구가 있고 함께 웃을 수 있다는 것은 행복한 일이다.

기억 나세요?

작년 늦가을 모 기관에서 주최한 수필공모대회에서 심사를 맡았을 때 일이다.

약속시간보다 조금 이르게 심사장소에 도착해 담당직원들과 인사를 하며 들어서는데, "어머, 혜경아!" 하는 반가워하는 목소리가 들렸다. 앉았던 자리에서 일어나 나를 향해 웃고 있는 여자.

누구더라, 얼른 기억이 떠오르지 않는데, "나, 금복이야" 하며 다가온다. 이름을 들어도 생각이 나지 않아 머뭇거리자 고등학교 이야기를 꺼낸다. 아, 맞다, 고등학교 동창! 여고 시절이 30여 년 시간을 건너뛰어 펼쳐진다.

제비뽑기로 들어가 학교에 대한 애착이 없던 삭막한 여고 시절, 그래도 마음 맞는 친구들이 있었기에 즐거울 수 있었다. 그녀는 1학년 때 같은 반이었다. 집이 같은 방향이라 두 번이나 버스를 갈아타야 하는 긴 하굣길을 함께 하며 이런저런 이야기를 나누고 내가 다니던 교회 '문학의 밤'에도 와줬던, 가까웠던 친구였는데 얼른 기억해내지 못한 것이 미안했다.

"너 그 땐 말랐었잖아. 좀 까무잡잡하고, 살이 좀 붙어서 얼른 못 알아봤다, 야."

"응, 살이 좀 쪘지. 넌 별로 안 변했네."

"안 변하긴…… 넌 살이 붙으니까 훨씬 보기 좋다."

여고 시절로 돌아간 듯 곧바로 수다스러운 대화가 이어졌다.

까무잡잡한 얼굴에 진한 눈썹과 쌍꺼풀진 눈매가 고왔던 친구. 깡말라서 광대뼈가 도드라지고 교복이 헐렁헐렁 몸 뒤에서 돌아가곤 했었는데, 이젠 적당히 살이 붙어 완숙한 중년 여인의 아름다움을 풍기고 있었다. 붉은 투피스로 차려 입은 모습이 화려하게 만개한 모란 같았다.

친구는 아동문학가로, 또 수필가로 활동하고 있었다. 졸업한 뒤에도 내 생각을 많이 했었다며 내가 문학을 계속하리라는 생각에 문인 협회 주소록에서 내 이름을 찾아보곤 했다고. 이번에도 미리 나눠준 심사위원 명단에서 내 이름을 발견하고 혹시나 했다는 것이다. 그래서 내가 들어오자마자 한 눈에 알아 봤다고 하면서 내가 기억하지 못한 것을 좀 섭섭해 했다.

다음에 만났을 때 친구는 나에 대한 수필을 하나 썼다며 잡지 하나를 건넸다. 등·하굣길이며 회색 교복, 초록색 체육복에 얽힌 이야기 등 우리가 함께 한 학창 시절이 맛깔스런 문체로 그려져 있었다.

그런데 재미있는 것은 나의 기억과 다른 부분들이었다. 내가 이 친구와의 추억 중 제일 먼저 기억하는 것이 우리 교회에서의 문학의 밤이다. 가을이 깊어가는 밤, 시를 낭송하고 노래도 부르고 짤막한 연극도 보여주는 그 행사에서 나는 사회를 맡았는데, 끝나고 돌아가는 버스 속에서 그녀는 달콤한 말을 들려줬다.

"너 조명 받으니까 그럴 듯 하더라. 반한 사람도 있을 거야." 겉으론 "에이, 그럴 리가……" 했지만, 친구의 그 말은 나의 나르시즘적 성향을 행복하게 충족시켰고 다른 건 다 잊어도 그 말만큼은 오래도록 내 기억창고에 저장되어 있었던 것이다. 그래서 그녀를 알아보자마자 내가 맨 처음 떠올린 기억은 문학의 밤이었다.

하지만 그녀는 기억하지 못했다. 그 수필에서 고백했듯이 내가 문학의 밤 이야기를 꺼냈을 때 '뜨끔했다'고 하면서 문학의 밤에 간 기억이 없다고 했다. 내가 사회를 본 기억이 나지 않으니 자연히 나에게 한 말역시 기억나지 않는 것이다. 대신 우리 교회에서 인기 짱이었던 남학생 이름을 기억한다고 했는데, 나로서는 그 남학생이 인기가 있었다는 사실이 뜻밖이었다.

밀란 쿤테라의 소설 「향수」를 보면 기억과 관련된 흥미로운 에피소드들이 나온다. 체코 공산주의가 해체되자 다른 나라에 망명해 살던 자들이 고향을 방문하는데 그 곳에서 그들은 행복한 일치감보다 어긋남을 경험한다. 가까운 가족과 친구들이 자신이 생각하는 것과는 다르게 기억하고, 물어봐줬으면 하는 것들은 묻지 않고 엉뚱한 것만 질문하는 것에서 당혹감을 느끼는 것이다.

사실 우리는 체험한 것을 모두 기억하지 못하고, 기억한다 해도 시간이 흐르면 잊게 마련이다. 또 사람마다 시각과 입장이 다르므로 어떤 사건에 대한 정확한 기억이란 없다고 봐야 할 것이다. 나에게 기뻤던 일이 누군가에게 상처로 남을 수 있고 같은 일을 겪었지만 사람에 따라 받아들이는 부분이 다르기 때문이다. 하지만 서로 기억하는 것이 다를지라도 상대를 이해하려는 마음만 있다면 별 문제가 없을 것이다.

그때, 문학의 밤에 와서 친구가 한 칭찬이 의례적인 것일 수도 있다는 생각은 전혀 하지 않고 좋아하면서 가슴에 담고 있었던 내 모습이 좀 쑥스럽다. 그래도 친구의 마음 속에 내가 좋은 친구로 기억되고 있어 고마울 뿐이다.

어느 날, 백화점에서

가끔 서점에 들러 신간들을 훑어보는 것은 내 일의 한 부분이기도 하면서 취미이기도 하다. 이 책 저 책 골라 보면서 새로운 경향도 짐작하고 때로는 바닥에 주저앉아 읽기도 하며, 그 중 마음에 드는 책을 한 두어 권 골라 나오는 일은 꽤 즐거운 일이다.

요즘 어디서나 젊은 층의 문화가 강세를 보이고 있는데, 문학계도 예외가 아니어서 이른바 '신세대 문학' 의 열기가 뜨겁다. 이들의 문학이 새롭긴 하지만 낯설어서 거부감이 느껴지는 나의 무의식적인 반응 앞에서 어쩔 수 없이 내 나이를 느끼곤 한다. 젊은 세대들이 '세대차이' 라고 하며 우스워할 보수적인 반응이 나도 모르게 솟아나는 것이다. 이런 속에서 간혹 차분한 작품들을 만나게 되면, 낡았으나 내 몸에 꼭 맞는 옷을 찾아 입었을 때와 같은 안도감과 함께 고향에 온 듯한 느낌마저 든다.

얼마 전 접하게 된 작품 중에 평소 느껴왔던 우리 시대의 문제들을 진지하게 다룬 것이 있어 반가웠다. 자본에의 욕망으로 가득한 현실에서 소외된 군상들과 욕망을 향해 치닫는 인물, 그리고 고통의 현실을 견디며 이겨내는 인물들을 보여주면서 어떻게 살 것인가를 묻고 있는 작품이었다.

특히 백화점이란 공간을 통해서 현대 자본주의 사회의 물신화된 세태를 적나라하게 보여 주는 점이 인상 깊었다. 필요한 물건을 사러 백화점에 갔을 때 너무 많은 물건들과 사람들로 당혹해하며 순간 내가 왜 여기 있는가 하는 의문을 품어봤던 사람이라면 쉽게 공감할 수 있는 것이었다.

가정이 파탄에 이른 불안한 중년 여자를 설정하여 작가는 소통이 불가능한 현대사회를 그려낸다. 대학 교수인 남편이 동료 여교수와 불륜 관계에 있다는 의심으로 괴로워하고 있는 주인공은 남편에게 정신병자로 몰려 아들까지 빼앗긴 상태이다. 혼자가 된 그녀는 사람이 많은 백화점에 와서 마주치는 사람마다 붙들고 대화를 시도한다. 그러나 아무도 대꾸해주지 않으며, 그녀의 소외감은 더 한층 깊어진다. 공중전

화 부스에서 전화 저편에 듣는 사람이 없는데도 계속 혼자 지껄이는 그녀의 모습은 처절하기까지 하다.

이처럼 많은 사람들로 북적이는 백화점 안에서 혼자라는 사실은 소외감을 강하게 드러내는 문학적 장치가 된다. 그리하여 이 작품은 백화점으로 표상된 현실이 '아무리 소리 질러도 아무도 그녀에게 화답하지 않는 황무지요 벌판' 임을 섬뜩하게 보여주는 것이다.

백화점은 요즘 더 이상 특별한 곳이 아니다. 6, 70년대만 해도 백화점이란 보통 서민들이 가기에는 문턱이 꽤 높았던 것으로 기억한다. 물론 지금도 형편이 어려운 사람들에게 백화점 상표에 붙여진 숫자들은 분노와 허탈감을 일으키게 하지만 오며 가며 들리는 친숙한 공간으로 변했다. 특히 세일 기간이면 몰려드는 차량으로 교통순경이 나와 주변 교통을 통제해야 할 정도로 이용자들이 많다. 언젠가 사은품으로 지급되는 이불꾸러미들을 저마다 한두 개씩 들고 가는 사람들을 마주친 적이 있었는데, 서울 사는 모든 사람들이 백화점에 온 듯한 착각마저 들었다.

말 그대로 백화점은 백 가지 물건들이 쌓여있는 곳으로 밖의 현실과는 달리 늘 풍족하고 현란한 세계이다. 그러나 돈이 없다면 이 백 가지 물건이 그림의 떡이다. 환상이나 눈속임에 불과한 것이다. 눈앞에 물건이 산처럼 쌓여있지만 아무것도 내 것이 아니라는 사실 앞에서, 결핍감은 상대적으로 배가되고, 북적대는 인파 속에서 고립감 역시 배가된다.

나도 며칠 전 백화점에 갔다. 바겐세일이라고 해서 아이들 옷도 한두 벌 사고, 오랜만에 친구도 만나보기 위해서였다. 약속시간보다 좀 빨리 도착했기에 혼자 백화점 안을 돌아보았다. IMF 한파로 어려운 시기이고 비까지 흩뿌리는 날씨라 좀 한산할 줄 알았는데, 의외로 북적대는 사람들로 정신이 없었다.

젊은이들을 겨냥한 의류 매장은 현란한 조명과 흥거운 음악 소리, 발랄한 옷차림의 10대와 20대들로 마치 잔칫집에 온 듯한 분위기였다. 잔칫집에 초대받지 못한 손님처럼 괜히 주눅이 든 나는 신세대 문학에서 느끼곤 하던 낯설음을 또 맛보면서 소외감을 느껴야 했다.

이 소외감은 질기게 나를 붙잡고 사람들 속에 선뜻 끼지 못하게 했다. 결국 나는 그 수많은 물건들과 사람들에 질려 하면서 멀리서 바라보는 것으로 그쳤다. 특히 파격적 세일이라는 팻말이 붙은 곳은 그야말로 전쟁을 치르는 것 같아 감히 내가 끼어들 여지가 없었다. 저 수많은 물건들 중 하나는 내 것으로 해야 한다는 강박관념에 의해 움직이는 로봇들 같아 보였다.

밖은 바람과 함께 봄비가 흩뿌리고 있으나 유리문을 사이에 두고 밖의 세계와 차단된 백화점 안은 밖의 계절과 상관없다. 입구에 있는 마네킹들 주위에 서서 누군가를 기다리는 많은 사람들, 그들이 대개 한껏 멋을 낸 중년 여자들이라는 점이 괜히 보기 안쓰러웠고, 그 속에 끼어 친구를 기다리는 내 모습이 또 괜히 멋쩍었다.

저들 중에 소설 속 연희와 같은 여자는 혹 없을까 하는 생각을 하다 보니 문득 허전함과 외로움이 밀려왔다. 그것은 거대한 세상의 흐름에서 밀려난 듯한 외로움이고, 그 흐름 밖에서 나와 다른 여자들이 무력하게 서 있는 듯한 느낌이었다.

최신 유행의 옷을 걸친 호리호리한 마네킹들이 멋을 내 봤자 어설픈 우리를 내려다보며 비웃는 것만 같아, 나도 옆의 여자들 중 아무나 붙잡으며 말을 걸고 싶었다.

그 때 저쪽에서 다가오는 친구가 얼마나 반갑던지. 미안해하며 늦은 이유를 펼쳐 놓는 친구의 손을 덥석 잡고, 나는 어디 조용한 데 가서 차나 마시자고 이끌었다.

아주 오랫동안

2010년 11월 20일 초판 인쇄
2010년 11월 25일 초판 발행

지은이   한 혜 경
발행인   한 신 규
편 집   이 은 영
발행처   도서출판 문현
주 소   (138-210) 서울특별 송파구 문정동 99-10 장지빌딩 303호
전 화   (02) 443-0211
팩 스   (02) 443-0212
등 록   2009년 2월 24일 제2009-14호
E-mail   mun2009@naver.com

ISBN   978-89-94131-48-1 03810
정 가   12,000원